나의 그대에게 보내는 위로

불안해서
열심히 산다는
그대에게

불안해서
열심히 산다는
그대에게

1판 1쇄 발행 2022년 10월 20일

저자 이안정

교정 주현강   **편집** 문서아
마케팅 박가영   **총괄** 신선미

펴낸곳 (주)하움출판사   **펴낸이** 문현광

이메일 haum1000@naver.com   **홈페이지** haum.kr
블로그 blog.naver.com/haum1000   **인스타그램** @haum1007

ISBN 979-11-6440-231-1 (03810)

좋은 책을 만들겠습니다.
하움출판사는 독자 여러분의 의견에 항상 귀 기울이고 있습니다.
파본은 구입처에서 교환해 드립니다.

어제에 갇혀 있던 희망을 외면하고 스스로의 소중함을 잊은 그대여

인생의 발걸음마다 항상 스스로를 존중하고 사랑하기를

그렇게,
한 걸음씩 자신의 삶을 변화시켜 나가는 용기와 당당함을 가지기를

'시작하는 것'의 소중함을 잊지 않고 내일의 인생을 멋지게 여행하기를

나는 이 책이 담대하게 세상을 바라보는 독자들의 불안했던 어제의
발걸음을 조금은 특별한 오늘로 이끌어 주기를 진심으로 바란다.

Part · 1
어렵지만, 따스하다

Part · 2
외롭지만, 충분하다

Part · 3
소소하지만, 행복하다

어렵지만, 따스하다

이제 숨바꼭질을
끝내고

"꼭꼭 숨어라 머리카락 보일라
꼭꼭 숨어라 머리카락 보일라"

어린 시절 누구나 다 해 봤을 법한 추억의 국민 놀이인 '숨바꼭질' 노래다. 문득 친구들과 이 놀이를 했을 때가 생각난다. 내가 술래가 되어 숨어 있는 친구들을 찾으러 다니다가 결국 못 찾겠다 싶을 때 "못 찾겠다 꾀꼬리!"라고 외치면 마지막에 숨어 있던 친구가 나오곤 했다. 그리고는 내가 숨을 차례가 되면 어디에 숨을지 한참을 고민하며 서성이다 가장 눈길이 가지 않는 곳을 골라 꼭꼭 숨어 있고는 했다. 이 게임은 술래에게 잡힌다고 해도 다른 게임에 비해 벌칙도 딱히 없었지만 술래가 나를 찾을 때까지의 그 조마조마함과 아슬아슬함이 공포심을 자극하고는 했었다.
어쩌면 우리의 마음 어딘가에는 혼자서 숨바꼭질을 하며 하루하루를 견뎌 내고 있는 아픈 마음이 '나'라는 술래에게 잡히기를 바라며 울고 있는 것은 아닐까 하는 생각이 든다.

왜냐하면 삶에 지쳐 있던 **내가 이 게임에서 "못 찾겠다 꾀꼬리!"**라고 외치고 나서야 비로소 편안해졌기 때문이다.

지금 이 글을 읽고 있는 당신의 마음도 숨바꼭질을 끝내고 아픈 마음을 스스로가 찾아 주기를 바라고 있을지도 모른다.

'나'를 찾아 떠나는 일상 속 '행복'이라는 숨은그림찾기

아침 6시를 깨우는 알람 소리와 함께 나의 하루도 시작된다.

언제부턴가 습관이 되어 버린 왕복 2시간 거리의 아침 출근길을 오늘도 어김없이 가장 편한 운동화를 신고 걸어간다. 낯설기만 했던 거리는 2년이라는 시간과 함께 나를 새롭게 변화시켰다. 편한 길을 버리고 굳이 일찍 일어나야 하는 번거로움과 즐겨 신던 높은 구두와 맞바꾼 출근길이다. 이 길은 지금껏 앞만 보고 달려온 시간들에게 안녕이라는 인사를 전하며 조금만 더 천천히 걷기로 한 나에게 주는 소소한 아침 여행길이 되었다.

오랜 시간 걷다 보면 자연스럽게 음악과 친해지고 나와의 대화가 많아진다. 시간이 없어서 듣지 못했던 노래를 들으며 도시의 소음과 잠시나마 작별하는 순간의 행복은 여느 공연 못지않은 즐거움을 준다.

누군가에게 사랑받기 위해 애쓰던 나의 모습에서 나조차 알지 못하고 지나온 시간을 반성하며 나를 먼저 알기로 했다.

내가 좋아하는 색깔?
내가 좋아하는 음식?
내가 좋아하는 영화?
내가 좋아하는 그림?

그렇게 나와의 대화 시간이 길어질수록 타인을 사랑하기 위해서는 먼저 무엇인가에 온 힘을 쏟아 살아 보아야 한다는 것을 알게 되었다. 자신과의 끊임없는 대화는 내 안의 '마음 근육'을 단련시키며 타인을 사랑하고 사랑받는 방법을 배우는 것은 아닐까?

당신이 좋아하는 색깔?
당신이 좋아하는 음식?
당신이 좋아하는 영화?
당신이 좋아하는 그림?

이렇게 나와 당신이 만났을 때 우리는 진정한 외로움에서 벗어나는 것이다.
외롭다는 것은 홀로 있는 것이 아니다. 그것은 어쩌면 진심으로 나의 이야기를 공감해 줄 내 편을 가지지 못한 것인지도 모른다. 그러기에 나 하나만이라도 내 편이 되어 주어야 한다. 그렇게 어딘가에서 아파하는 자신의 마음을 찾아 위로해 주어야 한다. 타인에게 바라는 위로가 아니라 진정으로 자신이 자신을 사랑하는 마음으로 바라보았을 때 우리는 숨바꼭질을 끝낼 수 있다.

나를 바라보는 타인의 기준과 잣대에 따라 자신을 맞추려고 애쓰다 보면 정작 자신의 내면을 바라보지 못한다. 마지막까지 인생을 함께 할 1순위는 바로 '**자신**'이 되어야 한다.

상처가 아프다고 연고도 바르지 않고 남겨 두면 흉터가 남는다. 마음도 치유하지 않고 덮어 버리면 그 안에 숨어 버리고 만다.

외롭고 힘들면서도 꿋꿋하게 참고 견디기만 하는 것이 정말로 좋은 것일까?
자신의 마음을 솔직하게 말하는 '**용기**'
그 솔직함이 결코 거만하거나 함부로 대하는 태도가 아닌 진심으로 자신의 의견을 전달하려는 '**유연성**'
그리고 상대도 나와 같은 감정을 느끼고 있다는 '**공감**'과 '**연민**'의 마음이야말로 어쩌면 자신도 모르는 사이 상처받은 마음에게 전하는 위로는 아닐까?

살아가면서 받은 마음의 아픔이라면 살아가면서 나을 수 있다.

그러니, 오늘을 과거처럼 살지 말기를 바란다.
좀 더 자신과 함께하는 시간을 늘리고,
좀 더 자신과 대화하는 시간을 늘리며,
좀 더 자신을 사랑하는 그대가 되기를.

혼잡한 도시의 공허한 소음과 적막 속에서도 편안하게 머물 수 있는
마음의 집을 찾는 것!

그것은 어쩌면 우리가 새로운 내일을 여행해야 하는 이유일지도 모
른다.

쉼 없이 달려온 봄과 여름을 지나 어느덧 가을

지금까지 열심히 걸어온 그대에게 전하는 위로

"누가 뭐래도 당신은 잘 살아왔다."

아픈 당신의 마음을 찾아 괜찮다고 말해 주자!

이제, 숨바꼭질은 끝났으니

꼭! 꼭! 숨지 않아도 된다고.

불안해서 열심히 산다는
당신에게

살아가는 한 우리는 언제나 불안하다.

다가오지 않은 미래에 대한 불안은 늘 나를 열심히 살게 했다.

무엇인가를 하지 않으면 뒤처지는 것 같았고, 왜 달리는지도 모르고 뛰는 마라톤 선수처럼 계속 달려야만 살아 있다 생각했다. 임용 고시를 보기 위해 하루 4시간만 자며 다리가 붓도록 도서관에 앉아서 공부를 했다. 그렇게 내가 바라던 교사가 되었고, 누가 깨우지 않아도 새벽에 일어나 학생들보다 더 일찍 출근을 했다. 그리고 밤늦도록 야근과 출장을 다녔다.

왜 나는 달렸던 것일까?

무엇을 위해 나는 쉬지 않고 달리기만 했던 것일까?

그때의 나는 목표를 이루면 행복한 사람이 된다고 생각했다. 그래서 꿈을 가지고 사는 이들을 동경했고, 그들의 자서전을 읽으며 내가 가르치는 학생들에게도 꿈을 가지라고 이야기했다. 하지만 '목표만을 이루기 위해 수많은 행복을 잊고 지내서는 안 된다'는 것을 깨달았다. 꿈은 결국 행복 위에서 자라나야 한다. 하지만 우리는 불안 위에 꿈을 심는다. 그러다 보니 목표를 이루어 냈어도 만족하지 못하며, 행복해지기 위해 불안 위에 또 다른 꿈을 담는다.

불안하니까 지금 달리지 않으면 안 된다는 생각이
우리를 더 불안하게 만든다.

왜 당신은 불안한가요?

안정된 직장, 자동차, 집이 우리에게 편안함을 줄 수 있을지는 모르지만 불안을 해소해 주지는 못한다. 불안한 미래에 대한 행복을 얻기 위해 우리는 지금 누릴 수 있는 행복을 잠시 접어 둔다.

어렵게 들어간 직장에서 인정받기 위해서 가족과의 저녁 식사를 뒤로하고 야근을 한다.

더 열심히 일하고,
더 열심히 공부하고,
"누구보다 열심히 살았지만 행복하지 않았다."라고 말하는 사람들의 이야기를 주변에서 듣곤 한다.

그들은 왜 행복하지 않았던 것일까?

그건, 행복은 경쟁이 아니기 때문이다. 내가 다른 사람보다 더 행복하다고 해서 다른 사람이 불행한 것은 아니다. 우리는 타인을 바라보며 자신을 본다. 그래서 타인은 나를 비추는 거울이라고 하지 않는가. 하지만 타인보다 그 이전에 '자신'이 먼저 존재해야 한다. 나의 행복을 타인과 비교해서는 안 된다. '누구보다 더 열심히'가 아닌 '스스로에게 열심히 사는 삶'을 살아야 한다.

그러기 위해서는 "싫다."라고 말할 수 있는 용기를 가져야 한다. 싫은 것이 있어도 싫다고 말하지 못하는 삶은 행복하지 않다. 흔히 10명 중 9명이 짜장면을 먹겠다고 하면 남은 한 명은 당연히 짜장면을 시켜야 한다. 혼자 짬뽕이나 울면을 먹겠다고 말할 용기가 없는 것이다. 울면이나 짬뽕을 시키면 '나만 이상하게 보이지 않을까.'라는 쓸데없는 걱정이 스스로를 불안하게 만든다. 막상 음식이 나오면 앞에 놓인 짜장면에 집중하느라 다른 사람의 울면이나 짬뽕에 관심을 갖지 않는데도 말이다.

다른 사람들이 판단하는 내가 아닌 스스로가 선택한 내가 되어야 한다. 가끔은 살아가면서 싫다는 말이 필요할 때가 있다. 그건 옳고 그름의 문제가 아니라 스스로가 행복해지기 위해 가져야 할 용기이다.

"싫다."라고 말할 수 있는 용기

이론으로는 잘 알지만 실천이 되지 않는 '거절'에서 강해져야 한다. 베스트셀러가 된 책 중에는 어떻게 하면 거절을 잘할 수 있는지, 나답게 살 수 있는지 등의 이야기를 담은 책이 많다.

하지만 정작 그런 종류의 책들을 읽는다고 해서 용기가 생기는 것은 아니다. 나 또한, 거절을 하지 못해 많은 고생을 하며 스스로를 한탄한 적이 있다. 그러면서 어떻게 하면 거절을 잘하는 기술을 얻을 수 있는지 책을 읽으며 연습했다. 하지만 실전이 되면 항상 나는 "싫다."라는 말보다 "좋다."라는 말이 먼저 나왔다. 마음속으로는 싫다고 외치면서도 타인의 눈만을 바라봤던 것이다.

모두에게 친절할 수 있지만
모두가 나에게 친절하지는 않다.

그리고 내가 싫어하는 사람이 있는 것처럼 나 또한 누군가에게는 싫은 사람일지도 모른다는 것을 인정해야 한다.

모든 사람에게 친절하기 위해 정작 가장 소중한 '자신'에게 상처를 주고 있는 것은 아닌지 되돌아보아야 한다.

내가 가장 좋아하는 말 중 하나가 "다 먹고살자고 하는 일인데."라는 말이다. 생각해 보면 나도 당신도 모두 먹고살자고 하는 일들일 뿐이다.

불안 없이 살아갈 수는 없지만
적어도 불안 속에서만 살지 않기를 바란다.

빨간 홍시는 결코 단감을 부러워하지 않는다

가을이면 할머니 댁 감나무에는 떫은 감이 주렁주렁 열리곤 했다. 다른 집 감나무는 단감인데 왜 할머니는 떫은 감나무를 심으셨던 것일까?

떫은 감이다 보니 가을에는 그저 감이 달린 것을 구경만 해야 했다. 그러다 홍시가 돼서야 비로소 감의 달콤한 맛을 느껴 볼 수 있었다. 떫은 땡감을 며칠 동안 햇볕을 쪼여 주거나 항아리에 넣어 두면 떫은 맛이 덜해지고 말랑하게 무르익은 맛있는 홍시가 된다. 단감을 먹을 때보다 더 달콤하고 말랑말랑해서 마치 아이스크림을 먹는 느낌이다. 할머니께서는 이런 귀한 홍시를 항아리 속에 넣어 두셨다가 밤이면 우리에게 나눠 주시고는 했다. 지금도 나는 가게에서 붉은 자태를 뽐내고 있는 홍시를 볼 때면 어린 시절 할머니 댁에서 먹었던 그 '홍시 맛'이 그리워지고는 한다.

홍시처럼 나이가 들어 가고 싶다.

20대의 젊은 시절, 어쩌면 모든 것에 떫은 감처럼 서툴렀고, 나의 고집으로 살아갔던 것 같다. 하지만 점점 나이가 들어 가면서 나의 마음도 홍시처럼 붉게 물들어 갔다. 떫기만 했던 시절의 아픔이 어느 순간 달콤한 홍시가 될 때, 또 다른 나와 마주할 수 있다.
난 그 사실을 시간이 지나고 나서야 알게 되었다.
그래서 당신은 좀 더 일찍 깨닫기를 바란다.

삶이 떫기만 하다고 해서 불행한 것은 아니다.

홍시는 떫은 감으로 만드는 것이 더 달콤하고 맛있다는 생각이 든다. 단감도 오래 놔두면 홍시가 되지만, 원래 달달했던 그 맛에 익숙해서인지 홍시가 된 단감은 크게 단맛을 느끼지 못한다. 그런데 떫은 감은 홍시가 되기 전까지는 떫은맛만 나서 한 입 베어 물기도 힘들다. 하지만 익고 나서 먹는 홍시 맛은 설탕보다도 더 달기에 기다려야만 한다.

익어 갈 때까지 서두르지 말고 바라보는 것
그래야 더 맛있는 홍시를 먹을 수 있다.

기다리자
바라보자

아껴 주자

어쩌면, 우리 인생도 홍시처럼 마음이라는 항아리 속에서 익어 가고 있는지도 모른다.

그러니 지금 당장 내가 한 일에 성과가 나지 않는다고, 최선을 다해 한 일이 실패했다고, 노력한 만큼 대가가 따르지 않는다고 해서 실망하거나 좌절하지 말자.

홍시는 떫을수록 더 달달한 맛이 난다.

인생도 시련과 고난이 많을수록 그것을 이겨 내는 과정을 통해 비로소 더 단단해진다. 그리고 그 단단함에 유연해지는 나를 마주할 수 있다. 가을날, 가지 끝에 매달린 감의 붉은 색은 가을의 향기를 더 돋보이게 해 주는 달빛이다.

항아리 속에 그 달빛을 숨겨 놓으면
어느샌가 겨울날 추위를 잊게 해 줄 달달하고 말랑말랑한
홍시가 된다.

아무리 힘든 일이 있더라도
마음속에 달빛 하나 품고 살아간다면
지나가는 바람에 쉽게 꺼지지 않는다.

그리고 결국 스스로가 바람이 되어 자신의 자리를 찾게 된다.

떫은 감나무는 결코 단감나무를 부러워하지 않는다.
그저, 자신이 할 수 있는 일을 찾아 홍시가 되기를 기다린다.

삶은 '지금 당장 어떤 것을 더 많이 가지고 있느냐'의 문제가 아니다. 중요한 것은 '지금 내가 가진 것에 감사하며 그것으로 무엇을 할 수 있느냐'를 생각해 보는 것이다. 인생의 주인공은 결코 다른 집에 심어 놓은 감나무를 보며 같은 열매가 나기를 바라지 않는다. 자신의 나무가 다른 열매를 맺더라도 어떻게 가꾸어 나갈지의 '용기'로 지금을 살아가는 것이다.

어쩌면, 할머니는 떫은 단감이 홍시가 될 거라는 걸 알고 계셨기에
서두르지도
안타까워하지도
속상해하지도 않으셨던 것일지도 모른다.

당신의 인생에서 아무리 심한 폭우와 소나기가 내려도
언젠가는 지나간다는 것을 알고
'행복'을 기다려 주기 바란다.

매일 내리는 '소나기'는 없다.

언젠가는 모두 지나간다.

그러니,

지나가는 것에 '인생의 모든 것'을 맡기지 말자.

삶이 동화처럼
빛나는 순간

산타 할아버지가 존재하지 않는다는 것을 깨닫게 되고, 백마 탄 왕자님이 나타나는 현대판 백설 공주, 신데렐라가 없다는 것을 안 순간,

우리는 어른이 된다.
하지만 나는 지금도 디즈니 만화를 보며 해피 엔딩을 꿈꾸고는 한다.
아직은 덜 자란 어른처럼 「겨울왕국」, 「미녀와 야수」 같은 만화를 보며 삶이 마법처럼 빛나기를 바란다.

동화나 드라마, 영화에서 보는 주인공을 괴롭히는 악당들이 현실에서도 존재한다는 것을 깨닫는 순간,

우리는 삶이라는 환상에서 깨어난다.
살다 보면 다른 사람을 괴롭히며 거짓말과 온갖 악행을 저지르고도

아무렇지 않게 잘 살아가는 사람들을 만나고는 한다.

그럴 때면 갑자기 '신은 존재하는가?'라는 생각이 들 때가 있다.

어린 시절, 동화책에서 바라본 세상은 선하게 살면 해피 엔딩으로 이야기가 마무리되었지만 현실은 그렇지만은 않은 것 같다.

하지만 생각해 보면 그건 내가 주인공이 겪은 고통과 시련을 제대로 보지 못하고 동화의 결말에만 집중해서였는지도 모른다.

백설 공주는 왕비에게 쫓겨나 죽임까지 당할 뻔했는데도 복수와 증오심을 가지고 살아가지 않는다. 그녀는 새로운 환경에 적응하며 일곱 난쟁이와 함께 또 다른 행복을 만들어 나간다.

그렇다.

그녀는 자신의 삶을 타인에게 맡기지 않은 것이다.

복수와 증오심을 가지고 살아가는 것보다

자신을 더 아끼고 존중하며 살아가는 삶에 집중했기에

누구보다 아름다운 결말을 맺었던 것은 아닐까?

백설 공주가 왕자를 만나 빛이 났던 것이 아니라 공주 스스로가 자신을 아끼는 그 모습에서 빛이 났던 것이다.

현실에서 우리는 모두가 동화 속의 주인공처럼

단단한 자존감을 가지며 살아야 한다.

자신을 사랑하고 존중할 줄 아는 삶,
스스로가 사랑받을 가치가 있는 사람임을 믿는 것,
학력, 연봉처럼 외적인 잣대에 의해 결정되는 기준이 아니라
타인이 아닌 '자신'이 선택하고 책임질 수 있는 용기를 가지는 것,
인생의 고통과 시련 속에서도 쉽게 무너지지 않는 **'내면의 힘'**을 기르는 것,

이것이야말로 자존감을 지키며 살아 내는 것은 아닐까?

타인의 시선도
사회의 기준도
자신보다 먼저일 수는 없다.

열심히 사는데
왜 힘들까요?

◆
◆

열심히 살면 살수록 삶이 더 힘들다고 느껴질 때가 있다.

직장에서도 일을 많이 하면 할수록 더 많은 일을 맡게 된다. 왜 열심히 사는 사람이 더 힘든 세상이 되어 버린 것일까?

너무 많은 일을 혼자서 하다 보면 "능력 있다."라는 말도 듣지만, 오히려 오해와 시기·질투를 받아 곤경에 처하기도 한다.

"저 사람은 승진을 목적으로 사니까 더 많은 일을 해야 해."라는 말도 안 되는 논리로 누군가는 비난한다. 왜 승진을 목적으로 살면 다른 사람보다 더 많은 일을 해야 하는 것일까? 그럼 승진을 하지 않을 사람이라면 아무 일도 하지 않고 월급만 받으면 된다는 말인가?

일은 잘하는데 자신과 맞지 않으면 공격하는 사회
일은 못해도 자신의 비위를 잘 맞추면 사회생활 잘하는 사람
일도 못하고 성격도 좋지 않으면 실패자가 되는 삶

다른 사람들이 커피를 마시고 수다를 떨면 아무리 바빠도 하던 일을 멈추고 함께해야 한다. 그걸 무시하고 혼자서 독불장군처럼 앉아 일만 하면 뒷말의 대상이 되고 그런 일이 반복될수록 의도하지 않게 미움의 대상이 된다.

정규직이 아닌 경우에는 무조건 견디고 참아야 한다는 사회에서의 규칙은 누가 만들어 놓은 것일까?

나보다 더 좋은 인맥을 가진 사람이 힘이 센 사회의 먹이 사슬
그 안에서 실력이 아닌 다른 무엇인가로 패배 아닌 패배를 맛본 사람들은
삶의 '희망'을 점점 잃어만 간다.

그래서 이직을 하지만 결국 상황은 달라지지 않는다.
과연 무엇이 문제인 것일까?
공정과 자유와 평등이 보장되는 사회에서 살 수는 없는 것일까?
이렇게 딜레마에 빠지게 되는 순간
어른이 된 것을 실감한다.

직장에서의 갑질로 심한 스트레스를 받으며
과중한 업무까지 맡으면서도
무조건 참고 견뎌야 하는 것일까?

이런 고민을 안고 오늘도 직장으로 향하는 사람들의 뒷모습이
점점 늘어 가고 있다.

딱히 해결책이 없으니 그저 스트레스와 함께 공존하며 살아가다 어
느 순간 허무함과 무력감에 이르게 된다.

차마 누구에게도 말하지 못한 고민들을 안고 열심히 살아온 당신에
게 이렇게 이야기해 주고 싶다.

필요하다면 견디기도 하고
필요하다면 쉬어 가기도 하고
필요하다면 다른 선택지를 가져 보라고.

인생은 저마다의 선택으로 만들어진다.
어떤 선택이든 옳고 나쁜 것은 없다.
가는 길이 멀면 쉬어 갈 수도 있고
여력이 된다면 쉬지 않고 갈 수도 있는 것이다.
쉰다고 해서 나쁜 것도 아니고, 쉬지 않는다고 뛰어난 것도 아니다.

봄에 피는 꽃이 있으면
여름, 가을, 겨울에 피는 꽃도 있다.
저마다의 계절에 피어나는 꽃처럼

인생도 누구에게나 빛나는 시기가 온다.

그 시기가 빨리 올 수도 있고
느리게 올 수도 있다.

그러니 내 속도가 느리다고 조바심 내지 말고
빠르다고 자만할 것도 아니다.

삶은 타인을 대하듯 자신에게도 겸손해야 한다.

힘들고 모든 것이 무너져 버릴 것 같다고 생각한 순간
당신은 다시 한번 더 성장할 기회를 얻는 것이다.

천천히 걷다 보면 나도 모르게 지나쳤던 것들이 보일 때가 있다.
인생도 내가 걷는 속도대로 보이는 것은 아닐까?

열심히 무조건 걷다 보면 목적지에 빠르게 도착할 수 있다.
하지만 열심히 천천히 걷다 보면
목적지에 늦게 도착하더라도 그 안에서 다른 새로운 것을 보게 된다.
세상은 쉽게 무너져 내리지 않는다.
그러니 아무리 힘들어도 자신의 속도를 인정해 주고
서두르지 말기를.

어차피 삶의 종착점은 모두가 같지 않은가?

그 여정을 즐기고 마음을 잘 관리하여 빛나는 자신의 자리를 찾기 바란다.

타인의 말에 쉽게 휘둘리지 않는 마음의 근육을 기르고
누구보다 열심히 살아온 당신을 존중하기를.

언젠가 마주할 자신의 자리에서

마음껏 웃고 있을 당신이 되기를 바란다.

벽과 벽 사이의
오해와 이해

아파트는 벽과 벽으로 이루어져 있어 윗집, 아랫집의 소음이 쉽게 들린다.

그만큼 조심하지 않으면 나의 발소리가 망치 소리보다 더 크게 들려 의도하지 않은 피해를 준다. 뉴스에서 층간 소음으로 인한 이웃 간의 다툼이 큰 분쟁으로 이어지는 경우도 있다고 한다. 그저 남의 일로만 생각했는데…….

소음이 우리 집 문 앞으로 왔을 때
나는 스쳐 지나가는 바람 정도일 거라 생각했다.
하지만
우려는 곧 현실로 다가왔다.

늦은 저녁 누군가 우리 집 벨을 누르며 나를 불렀다.

급한 일인 듯싶어 문을 열어 보니 처음 본 아주머니 한 분이 서 계셨다. 다음 주 월요일, 화요일 아래층 인테리어 공사로 매우 시끄러우니 미리 협조를 구하기 위해 왔다고 했다. 어쩔 수 없는 상황이니 가능한 한 소리가 나지 않도록 주의를 부탁드린다는 말과 함께 "알겠습니다."라고 말하며 나는 문을 닫았다. 나는 다음 주 월요일, 화요일의 소음이 걱정되어 어떻게 그날을 버틸 수 있을지 고민했다.

마침내 월요일이 다가왔을 때 나는 간단하게 짐을 챙겨 밖으로 나갔다. 아무래도 공사를 하다 보면 소음이 커질 것 같아 차라리 내가 피해 주자는 의도였다. 그렇게 화요일까지 추운 겨울 밖에서 갈 곳 없이 서성거리다 공사가 끝날 때쯤 집에 돌아왔다. "이제 소음은 끝났구나." 하는 기쁨도 잠시, 수요일 아침 아래층에서 드릴, 망치 소리가 집이 흔들릴 만큼 크게 들려왔다. 너무 놀란 나는 관리 사무소에 전화를 걸었고 어떻게 된 일이지 상황을 들어 보았다. 분명 아주머니께서는 월요일, 화요일만 공사를 한다고 하셨지만 관리 사무소 직원의 말로는 다음 주 금요일까지 공사를 한다는 것이다. 너무 화가 났다. 왜 솔직하게 말해 주지 않았던 것일까? 공사 관계자가 관리 사무소에는 월요일, 화요일에 가장 큰 소음이 나는 공사가 있어 모든 주민께 양해를 구했다고 말했다는 것이다. 난 전혀 들어 보지 못한 이야기였기에 공사 총책임자와 통화를 하고 싶다고 했다.

그렇게 나는 견딜 수 없는 소음을 참으며 총책임자의 전화를 기다렸다.

한참이 지난 후에야 관리 사무소에서 전화가 왔고 총책임자의 전화

번호를 가르쳐 주시며 직접 전화를 걸어 보라고 하셨다.

월요일, 화요일은 미리 이야기를 들었기에 그러려니 했는데 수요일부터 다음 주 금요일까지 공사라니 '양해'도 없이 이렇게 해도 되는 것일까 하는 생각이 들었다.

마음으로는 "어떻게 이러실 수 있냐."라며 따지고 싶었지만, 애써 마음을 가라앉히고 전화를 걸었다. 한 아주머니께서 전화를 받으시며 관리 사무소로부터 이야기를 전해 들었다고 하셨다. 그리고는 아파트 엘리베이터에 공사와 관련한 안내문을 붙여 놓았다며 아무 문제가 되지 않는다고 하셨다.

나는 아주머니께 정중히 안내문은 그저 일방적인 것이고, 관리 사무소에 분명히 양해를 구하셨다고 해도 나는 월요일, 화요일밖에 들은 바가 없고 양해는 서로가 서로의 의견을 듣고 이해해서 타협점을 찾자는 것인데 어디에 붙여 놓았는지도 모르는 안내문을 양해라고 말하는 것은 아니지 않느냐고 차분히 설명했다. 아주머니께서는 분명 그 전날 직원을 통해서 직접 얼굴을 보고 사인을 받아 오라고 했다고 말씀하셨다. 하지만 나는 월요일, 화요일밖에 들은 바가 없었기에 너무 당황스러웠다. 한참을 그렇게 서로의 이야기를 나누며 최대한 소음이 나지 않도록 공사를 마무리해 주기를 부탁드렸다. 그러자 아주머니께서도 미안함을 전하며 정중히 전화를 끊으셨다. 그리고 앞으로 있을 공사를 간단하게 문자로 보내시며 설명을 해 주셨다. 소음이 앞으로 몇 번은 더 날 것이며 양해를 구한다는 내용이었다. 그리고 다음 날, 9시가 되자 지진이 난 것처럼 연신 꿍음을 쏟아 내며 흔들리는 집을 일찍 나서야만 했다. 그런데 이상했다.

어제는 출처도 몰랐던 소음에 화가 났지만, 오늘은 더 큰 소음에도 마냥 이해가 되었다.

양해는 서로가 서로에게 보내는 이해가 아닐까?

분명 더 큰 소음인데 왜 화가 나지 않는 것일까?

그건 소음의 이유와 함께 이미 소음이 날 것이라는 마음의 준비를 하고 있었기 때문일 것이다.

어떤 일이든지 마음먹기에 따라 이렇게 다른 하루를 맞이할 수 있다는 것에 놀랐다.

소음을 내려놓으니 아무리 큰 소리여도 상관없었다.

어쩌면 우리는 살아가면서 '양해'보다 '오해'가 더 많은 세상에서 살고 있는 것은 아닐까?

나의 마음을 상대가 전부 알아주기를 바라는 것은 욕심이다.

말하지 않고서는 그 어떤 누구의 마음도 알 수 없다.

서로가 서로를 이해하기 위해서는 노력하는 마음

그리고 가끔은 **'내려놓음'**에서 새로운 하루가 시작된다.

자신을 가장 힘들게 하는 일이 있더라도

마음의 방향에 따라

'이해'나 '오해'로 달라진다.

이해하고 나면 아무 일도 아닌 일을

혹시 더 큰 오해로 더 크게 키워 나가고 있는 것은 아닌지

자신의 주변을 되돌아보는 시간이 되기를 바란다.

그대여,
거기까지만

나 이외의 모든 사람이 행복해 보일 때가 있다.

내가 가지지 못한 것을 가진 사람들이 한없이 부러울 때도 있다. 하지만 그렇다고 그 사람의 삶이 나의 삶이 되지는 않는다.

각자 가야 할 길이 있다. 그리고 그 길은 사람마다 다르다. 모두가 똑같은 길을 가더라도 그 안에서 느끼는 행복과 불행은 다르다. 누군가에게는 하찮아 보이는 길이지만 그 길에서 가장 큰 행복을 느끼고 있는 사람도 있을 것이다. 그러니 행복과 불행에는 답이 없다.

가난하다고 해서 행복하지 않을 것이라는 생각은 보는 사람의 생각이다.

그렇다.

그건 바로 당신 생각이다.

직장 생활을 하다 보면 많은 사람과 만나고 헤어진다. 그리고 그 안에서 삶을 배워 나간다. 좋은 일도 많지만 생각하기 싫을 만큼 힘든 일들도 있다. 추억도 많지만 상처도 있다. 아무리 나는 "이런 사람이다."라고 말해도 "너는 그런 사람이다."라고 말하는 사람들을 만날 때면 가슴이 답답해진다. 그들은 한 명에서 두 명이 되고 점점 무리를 지어 자신의 편을 만들어 간다. 그리고 그 편에 속하지 않을 때는 흔히 말하는 어른 사이의 왕따, 은따가 된다. 그렇게 사회생활에 염증을 느낀 사람들에게 이젠 피한다고 달라질 것은 없으니 당당히 자신을 위해 살아가라고 말하고 싶다.

그리고
그런 이들에게
큰 소리로 **"그건, 당신 생각이구요."**라고 말하기를 바란다.

누구나 생각하는 것이 다르다. 그리고 그 생각 안에는 그 사람의 인생이 담겨 있다. 그러니 누군가의 생각이 틀렸다고 하더라도 그건 그렇게 생각한 사람의 몫이다.

틀린 생각보다 다양한 생각이 존재하는 것이지.

자신과 다른 생각을 가지고 있다고 해서
외계인 취급하는 사람이 정말 외계인 아닐까?

지구인이라면
다름을 인정할 것이다.

이런 점에서 우리 주위에는 외계인이 정말 많은 것 같다.

지구에는 수많은 동물과 식물 그리고 인간이 존재한다.
그런데
어떻게 하나의 생각으로 통일되어야 한다는 것인가?
그런 생각 자체가 바로 외계인이 아닐까?

만약,
누군가에게 오해를 받아
"아니다."라고 외치는데도
알아주지 않아 스트레스와 상처가 쌓여 가는 당신이라면
당장 자신을 외계인으로부터 보호해 주기를 바란다.

서로가 다름을 인정하는 삶,
그 안에 행복과 불행이 존재하고
그것을 건강하게 받아들이고 즐기는 것,

우리가 이 지구에서 할 수 있는 유일한 생각은
지금, 이 순간에 최선을 다하라는 것이다.

지금은
운전 중입니다

'초보 운전'을 붙이고 달리는 자동차는 이제 막 면허증을 취득한 운전자의 자동차이다. 나도 불과 몇 달 전에 운전면허증을 취득했다. 나는 운전을 극도로 무서워하는 1인이다. 그런 내가 운전면허증을 취득해 보고자 운전면허 학원에 등록한 것은 실로 '위대한 결심'이었다.

필기시험은 어렵지 않게 합격했다.
그런데 실기시험이 문제였다. 장내 시험을 보기 위해 3일 동안 열심히 운전 연수를 받았다. 결과는 '불합격'이었다. 너무 속상했다. 하지만 꾸준히 연습한 덕분에 '합격'할 수 있었고, 도로 시험을 준비하게 되었다.

도로 시험은 A~D 코스 중 무작위로 시험에 나오니 전부 연습해 두어야 했다.

처음 도로에 나갔을 때의 기쁨도 잠시 나는 긴장한 탓에 자꾸 노선을 이탈하게 되었다. 특히 유턴을 할 때면 무슨 놀이 기구를 타듯 마음대로 차가 움직였다. 너무 힘껏 핸들을 돌린 탓에 사고가 날 뻔한 적도 여럿 있었다. 브레이크를 부드럽게 밟아야 한다는 선생님의 말씀에도 나의 급제동은 계속되었다. 왜 핸들만 잡으면 온몸이 화석처럼 굳어 버리는 것일까?

차는 부드럽게 다루어야 한다는 선생님의 말씀이 처음에는 이해가 가지 않았다. 그런데 조금씩 연습을 하면서 긴장이 풀리니 '차와 내가 하나구나.'라는 생각이 들었다. 그때부터 나는 핸들도 브레이크도 조심스럽게 다루기 시작했다.

처음에는 너무 서투르기만 했던 나의 운전은
조금씩 안정을 찾게 되었고 '합격'이라는 기쁨까지 맛보게 되었다.

운전을 하면서 가장 긴장되었던 순간마다
초조해지지 않기 위해 노력했다.

내 차가 다른 차선을 함부로 넘어가지 않도록
신중하게 핸들을 잡았다.
유턴을 할 때면 누구보다 부드럽게 핸들을 돌렸으며
차선 변경을 할 때는 '깜빡이'를 켜고 차분하게 기다렸다.

운전은 우리 인생과도 너무 닮았다는 생각이 든다.

내 삶의 핸들은 나에게 있다.

내가 어떤 방향으로 갈지

차선을 어디에서 변경할지

유턴은 언제 해야 하는지

그 모든 것을 스스로 판단하고 결정해야 한다.

힘껏 달리다 '깜빡이'도 켜지 않고

다른 차선으로 변경하면 사고를 당하게 된다.

인생에서도 달리던 차선을 변경할 때는 **'기다림'**이 필요하다.

하지만 우리는 너무 초조하다.

'깜빡이'를 켠 순간 저 멀리 있던 차가 갑자기 속도를 올린다.

끼어들게 하고 싶지 않은 묘한 심리가 작용한 탓인지

자기 차선을 뺏길지도 모른다는 불안감 때문인지

속도를 내며 달려오는 차를 아쉽지만 떠나보내고 나의 차선을 변경

해야 한다.

그렇지 않고 나까지 속력을 올려 끼어들기를 하면 결국 사고가 난다.

삶에서의 속도는 내가 조절해야 한다.

과속 구간에서 30㎞로 달리고

스쿨 존에서 150㎞로 달리고 있는 차를 생각해 보라.

얼마나 위험해 보이는가.

인생에서도 속도를 내서 달려야 할 시기가 있다.
그리고 한 템포 느리게 가야 할 때도 있다.

빠르게 목적지에 도착하는 차도 있지만
다른 경로로 이동해서 천천히 목적지로 향하는 차도 있다.
모든 차가 전부 같은 경로로 빠른 속도를 내며 달린다면?
우리는 아마 매일이 사고의 연속일 것이다.

각자 자신이 선택한 차선을 지키며
달려야 할 때와 기다려야 할 시기를 아는 것.
운전을 잘한다는 것은
아마도 이 모든 것을 생각하며 달리는 것은 아닐까?

운전에서도 앞차와의 안전거리를 확보하면 사고가 나더라도 심하게
다치지 않는다.
인생에서도 사람과 사람 사이의 안전거리가 있어야 한다.
그래야 관계에서 상처받더라도 빠르게 회복할 수 있다.

거리의 수많은 화살표와 신호등을 제대로 읽어 내고 상황에 대처하
는 운전 능력
어쩌면 그것은 우리에게 주어진 많은 길 중
자신의 길을 제대로 운전해 나가는 **'인생 능력'**이 아닐까?

이렇게 일상의 작은 것 하나에도 많은 깨달음이 존재한다.

당신의 삶에서 찾은 깨달음은 무엇인지

생각해 보는 오늘이 되기를 바란다.

삶에서 최고의 운전 실력을 갖춘

당신의 인생을 응원한다.

멍 때리기 대회를
아시나요?

내 취미는 멍 때리기이다.

이런 나의 모습을 본 친구는 "취미로 멍 때리는 사람은 없다."라며 나를 놀리곤 한다.

보통 취미를 물어보면 독서, 영화 보기, 피아노, 운동 등 그 종류도 다양하다. 그런데 요즘 세상에 취미가 '멍 때리기'라니 다소 당황스러울 만도 하다.

하지만, 나는 아무 생각하지 않고 가만히 앉아 있는 것이 좋다.

혼자 창밖 너머를 바라보고 있으면 "이보다 더 좋을 순 없다."라는 말이 생각날 만큼 마음이 편해진다.

멍 때리면 보통 무슨 생각을 하냐며 사람들은 물어보곤 하지만,

정말로 아무 생각이 나지 않는다.

멍 때리기는 취미가 될 수 없는 건가요?

물론, 매일 멍을 때리는 것은 아니다.

단지 복잡한 생각이 들거나 쉬고 싶을 때 나오는 나의 오래된 습관 같은 것이다. 실제로 현대인의 뇌를 쉬게 하자는 의도로 2014년 예술가 웁쓰양의 주최로 서울 광장에서 멍 때리기 대회가 열렸다. 여기서 멍 때리기는 아무런 생각 없이 넋을 놓고 있는 상태를 뜻하며, **대회의 규칙은 아무것도 하지 않는 상태를 오래 유지하는 것이다.** 또한 대회 참가자들은 심박 측정기를 지닌 채 아무 말도 하지 않고 가만히 앉아 시간을 보내야 한다.

대회가 진행되는 3시간 동안 참가자들은 휴대전화 확인, 졸거나 잠자기, 시간 확인, 잡담 나누기, 주최 측에서 제공한 음료 외의 음식물 섭취(껌 씹기 제외), 노래 부르기 또는 춤추기, 독서, 웃음 등이 금지된다.

다만 철저히 묵언으로 진행되기 때문에 참가자들은 네 가지 색상의 '히든카드'를 사용해 불편 사항을 해결할 수 있다. 근육이 뭉쳐 안마 서비스가 필요할 경우에는 '빨간색 카드', 부채질이 필요하다면 '노란색 카드', 갈증 해소를 위한 음료가 필요하다면 '파란색 카드', 기타 불편 사항이 있을 때는 '검은색 카드'를 사용할 수 있다.

한편, 객관적인 평가를 위해 진행 요원들은 15분마다 참가자의 검지에 측정기를 갖다 대 심장 박동 수를 체크한다. 그리고 관객 투표 다 득점자 중에서 가장 안정적인 심박 그래프를 보인 이들이 1~3등이 된다. 대회 우승자에겐 로댕의 「생각하는 사람」 형상의 트로피와 상장이 수여된다.

나는 안타깝게도 대회에 참가할 수는 없었지만, 로댕의 「생각하는 사람」 우승 트로피와 상장은 정말 부러웠다.

어쩌면, 생각하는 능력이야말로 인간에게 주어진 가장 뛰어난 능력이 아닐까?

멍 때리기가 취미는 될 수 없을지라도 우리가 살아가는 삶에 있어서 **'쉼표'** 하나쯤은 두며 지내는 것은 그렇게 나쁘지 않은 것 같다.

생각은 비울수록 채워진다고 한다. 고대 그리스의 수학자 아르키메데스도 목욕을 하다가 부력의 원리를 발견하지 않았는가?

바쁜 일상에서 벗어나 잠시 생각을 멈춰 보는 용기!
우리의 뇌에게 주는 귀한 휴식의 시간!

멍하니 있는 동안 무심코 생각이 닿는 곳에서 우리는 뜻밖의 통찰을 얻으며 새로운 발견을 하게 된다. 머리를 비우는 시간은 그만큼 중요하다.

가끔은

아무것도 하지 않아도 괜찮아요.

그것이 '행복한 멈춤'이라면......

마음에도

거리 두기가 필요한 시간이 있다.

퇴근 후
족발 한 접시

정말 소중한 친구와 함께 족발을 먹으러 간 적이 있다.

사실 나는 족발보다는 보쌈, 짬뽕보다는 짜장면을 찾는 사람이다. 족발과의 인연은 작은 언니네 시어머니께서 직접 만들어 보내 주신 족발로부터 시작되었다. 그때부터 나는 족발을 진심으로 사랑하게 되었다. 그날 이후 우리 집 주변에 족발이 맛있다는 집을 검색해서 먹으러 가 보았지만 크게 끌리는 곳은 없었다. 그러다 족발만큼 맛있는 '날치알 주먹밥'이 있는 족발 가게를 발견했다.

친구와 함께 주문을 하고 기다리니 족발과 쟁반국수, 야채 등이 줄지어 나왔다. 그리고 맛있기로 유명한 '날치알 주먹밥'이 우리의 눈길을 끌었다.

눈이 마주친 친구에게 **"이거, 내가 좋아하는 거야."**라고 말하며 주먹밥을 만들어 친구 하나, 나 두 개, 친구 두 개, 나 세 개 이렇게……. 나도 모르는 사이 주먹밥을 친구보다 몇 개나 더 먹고 있었다.

그걸 본 내 친구는 그 모습이 재미있었는지 남은 주먹밥 중에서 6개를 나의 접시에, 3개를 자신의 접시로 옮겼다.

이런저런 이야기에 집중하느라 친구는 족발도 주먹밥도 먹고 있지 않았다. 나는 속으로 '이 친구는 족발과 주먹밥을 별로 좋아하지 않는 건가?'라고 생각했다.

한참을 그렇게 친구의 이야기를 듣던 중 나도 모르게 친구의 접시에 있던 주먹밥 3개 중 하나를 나의 입으로 가지고 왔다. 그리고는 친구에게 웃으며 "이거, 내가 좋아하는 거야."라고 이야기했다. 나 스스로도 갑작스럽게 일어난 일에 쑥스러워 연신 그 말을 반복했다. 친구는 웃으면서 옆 테이블에 가서 네가 좋아하는 음식을 먹으며 "이거, 제가 좋아하는 거예요."라고 말해 보라며 장난스럽게 놀렸다. 근데 그 이야기가 상상할수록 너무 웃겼다. 정말 모르는 사람들이 앉아 있는 옆 테이블에 가서 다정하게 앉아 "이거, 제가 좋아하는 거예요."라고 말하면서 그들의 음식을 태연하게 먹는다면 아마도 나를 이상하게 생각하겠지…….

이렇게 쓸데없는 상상을 하는 게 재미있을 때가 있다.

"너무 배부르다."라며 웃는 나에게 친구는 웃으면서 말했다. "오늘, 나 배가 왜 이렇게 고프지?" 그리고는 주먹밥 접시를 쳐다보며 "이거, 다음에는 내가 좋아하는 거야."라고 말했다. 그때는 그 말이 무슨 말인지 이해가 안 가 그냥 웃고 말았다.

집에 돌아와 생각해 보니 친구의 주먹밥을 그렇게 먹어 버린 것이 미안했다.

"이런 일로 고민하는 나만 소심한 건 아니겠지."라는 혼잣말을 하며

'내가 좋아한다고 전부 먹을 수는 없는 건데.'라는 생각이 들었다.

무심코 했던 이런 행동들로 누군가에게 상처를 주고 있었던 것은 아닌지 나를 되돌아보았다.

'날치알 주먹밥' 하나로 이렇게까지 생각할 것은 아니지만 그래도 "이거, 내가 좋아하는 거야."라고 말했던 나 자신이 스스로도 너무 황당했다.

그리고 그날 밤 생각했다.

"이거, 네가 좋아하는 거야?"라고 상대가 무엇을 좋아하는지 관심을 가지고 물어봐 주기로!!

'내'와 **'네'**는 발음상으로는 큰 차이가 없어 보이지만

사용법에 있어서 큰 차이를 보인다.

'내가 먼저'보다는 '네가 먼저'처럼 서로를 '배려'하고 '양보'하는 마음에서
'함께'가 되어 가는 것 같다.

내+네=함께

'함께'라는 단어의 공식처럼

사소한 것 하나에서도 참 많은 것을 배우며 살아가는 것 같다.

그리고 기꺼이 나에게 스승이 되어 주는 친구가 있어서 행복하다는 생각이 들었다.

오늘 하루,
내 곁에 있는 소중한 사람이 무엇을 좋아하는지 물어봐 주세요.

분명, 당신의 질문에 '특별함'을 느끼게 될 거예요.

어쩌면,

젊다는 것은 아직 배울 것이 많다는 것인지도 몰라.

어쩌면,

나이가 들어 간다는 것은 이해해야 할 것이 많다는 것인지도 몰라.

우리의 젊음과 나이 듦을 결정하는 건

어쩌면,

내 안에 있는 열정의 나이인지도 몰라.

그러니 순간순간 설레는 일이 많은 사람

그 사람은 영원히 청춘일지도 몰라.

긴 꿈과 짧은 인생의
어디쯤

오늘도 그녀는 깊은 꿈을 꾼다.

얼마나 잠든 것일까. 요즘 들어 잠이 많아진 그녀는 초저녁부터 잠자
리에 들었다. 꿈속에서 그녀는 낯선 계단 앞에 서 있는 수많은 사람
사이에 있었다.

그녀는 지금 어디에 있는 것일까?
자신도 알지 못하는 곳이었고, 처음 본 사람들 사이로 누군가의 목소
리가 들린다.
문득, 그녀는 어떻게 여기까지 오게 되었는지 떠올려 본다.
하늘 위를 날고 있는 것 같은 기분으로 자신이 깃털이 되어 이곳에 왔
다. 목소리만 들리는 그 사람의 얼굴을 보기 위해 애를 쓰지만, 그녀는
안타깝게도 그 얼굴을 볼 수 없었다. 그리고 그녀에게 그는 말했다.

"여기는, 천국의 문 앞이오.

당신은 지금 죽음의 계단 앞에 서 있고 천국으로 들어가기 위해 기다리고 있는 것이오."

그녀는 그에게 말했다.

"저는 아직 할 일이 남았어요. 천국에 갈 마음은 전혀 없어요. 저를 다시 제가 있던 곳으로 데려다주세요."

하지만 그는 그녀의 부탁은 듣지도 않고 무엇인가를 건넸다.

그것은 작은 컵에 담긴 물보다 진한 액체였다.

그는 기다리던 사람들에게 액체를 먹으면 생전에 겪었던 모든 일을 잊고 천국에서 머물다 다시 새로운 삶을 맞이하게 된다고 말해 주었다.

그녀는 그 액체를 받는 순간 또다시 그에게 부탁했다.

"전, 정말로 아직 할 일이 남아 있어요. 제발 부탁이에요. 저를 다시 제가 있던 곳으로 데려다주세요."

그녀의 간곡한 부탁에 그는 마지못해 방법을 알려 주었다.

죽음의 문 앞으로 올 때는 하늘의 길이 있고, 다시 인간의 세계로 들어가기 위한 길은 바다에 있다고…….

그녀는 그가 알려 준 방법대로 바다로 향하고자 했다.

그런 그녀에게 그는, 인간의 세계로 돌아가기 전에 천국을 보여 주겠다고 했다. 둘은 바람이 되어 천국으로 향했고, 그곳에는 자신이 좋아하는 일만 하며 행복하게 시간을 보내는 수많은 사람이 있었다.

그는 그들을 바라보며 그녀에게 말했다.

"다들, 잠깐 천국에 머물고 있는 것이오. 언젠가는 다른 무엇으로 다시 태어날 것이라네."

"저들도 액체를 먹었나요?"라고 그녀가 묻자,

그는 "천국에 머물기 위해서는 기억을 지우는 것이 가장 행복한 일이오."라고 말했다. 하지만 그녀는 그에게 말했다.

"정말로 기억을 지워 주는 것이 행복할까요? 전, 기억을 지우고 싶지 않아요. 왜냐하면 영원히 간직하고 싶은 추억도 내 기억 안에 존재하니까요."

그는 그녀에게 진정 다시 돌아가고 싶냐고 되물었다.

그녀는 한 치의 망설임도 없이 그에게 말했다.

"당연하죠. 전 아직 할 일이 남아 있거든요."

그는 천국의 모습을 잊지 말라는 당부와 함께 그녀를 바다 앞까지 배웅해 주었다.

바다에 발을 딛는 순간 길이 생겼고 그녀는 그 길을 따라 마냥 걸었다. 한참을 걸은 후에 그녀가 다다른 곳은 그녀의 소중한 오늘이었다. 그리고 그녀는 그 길고도 깊은 꿈에서 깨어났다.

꿈이라고 하기에는 너무 현실 같았던 그 하룻밤은 그녀의 인생을 바꿔 놓았다. 매일 사는 것이 힘들다며 투덜거리기만 했던 그녀는 마치 오늘 하루만을 살 것처럼 행복한 하루를 보냈다.

천국은 다른 곳이 아닌 바로 그녀가 있는 그 자리였다.

그녀가 만나는 사람들과의 추억

그녀가 가는 곳의 풍경

그녀가 일하는 직장

그 모든 것이 결국 그녀에게는 행복이었던 것이다.

아무리 힘든 일이 있더라도
스스로의 마음이 지옥에 머물게 하지 않아야 한다.

그러기 위해,
우리는 지금, 이 순간, 현재에 집중해야 한다.

꿈은 꿈으로 끝날지 모르지만
그 꿈이 있는 한 우리는 살아갈 수 있는 것이다.

천국과 지옥이 있는지 없는지 과학적인 증명보다 더 중요한 대답은
당신의 마음속에 있다.

만약, 당신에게도 이런 꿈을 꾸게 되는 날이 온다면

당신은 어떤 선택을 할 것인가?

좀 더 삶을 즐기지 못했던 것을 아쉬워하고

좀 더 나를 사랑하지 못했던 것에 아파할 것인지.

지금 이 순간은 어쩌면 삶을 즐기고 자신을 사랑할 수 있는 당신의 마
지막 시간일지도 모른다.

그러니,
꿈처럼 한순간에 지나 버리는 삶에
지금 할 수 있는 많은 것을 해 보길 바란다.

당신에게도 그런 꿈이 찾아올지도…….

편안하게, 따스하게
그리고 함께

당신의 월요일은 안녕하신가요?

월요일 아침은 한 주의 시작을 알리는 피곤하면서도 새롭고 낯선 하루이다.

대부분의 직장인이 그렇듯이 나 또한 직장을 다니고 나서부터 월요병이라는 것이 생겼다. 주말의 달콤한 늦잠과 여유로운 오후의 나른함이 가시지 않은 월요일 아침이면 바쁘게 출근 준비를 하고 집을 나선다.

그렇게 정신없이 일을 하다 보면 어느덧 퇴근 시간이 다가오고, 나는 또 내일을 위해 월요일 저녁을 아껴 가며 휴식을 취한다.

특별한 것 없는 나의 일상이지만 이런 소소한 하루를 사랑한다.
벤저민 프랭클린은 행복을 이렇게 말했다.

"행복은 어쩌다 한 번 일어나는 커다란 행운이 아니라
매일 발생하는 작은 친절이나 기쁨 속에 있다."

그의 의견에 나도 동의한다. 매일 일어나는 작고 소소한 일들 속에서
나는 큰 행복을 느낀다. 이렇게 행복을 느끼는 인생을 위해 나는 '어
떤 삶을 살아야 하는 것일까?'에 대해 항상 생각한다.

덴마크, 그곳에는 행복이 있다.

나는 행복 지수가 가장 높다는 덴마크에 대해 궁금해졌고, 몇 년 전
덴마크 여행을 떠났다. 그곳에서 만난 그들의 삶은 책 속에서 봤던 모
습 그대로였다. 내가 봤던 덴마크 사람들이 행복한 이유 중 하나가 바
로 일과 개인의 삶을 균형 있게 분배하며 살아가는 것이었다. 그들은
가족이나 친구들과 함께 보낼 수 있는 시간을 다른 나라에 비해 상대
적으로 많이 가진다. 또한 덴마크 행복연구소장인 마이크 비킹은 여
러 북유럽 국가 중 특히 덴마크의 행복 지수가 높은 이유로 **'휘게'**를
꼽았다.

가장 행복한 나라 덴마크,
행복의 비결은
휘게(Hygge) 라이프 스타일

과중한 업무와 야근에 지친 한국인들에게 필요한 '휘게'는 어떤 문화일까?

휘게를 직역하면 영어의 코지니스(Cosiness, 아늑함)에 가깝지만 실제 의미는 더 넓게 쓰인다. 휘게는 사람과 함께 있을 때 느끼는 단란함(Togetherness), 편안한 분위기를 지칭한다.

덴마크 사람들은 '가족과 저녁 식사 후 휴식을 취하며 편안함을 느낄 때', '아늑한 공간에서 사랑하는 사람과 시간을 보낼 때', '양초를 켜고 맛있는 음식을 먹으며 대화가 오갈 때 느끼는 행복감' 등을 휘게라고 표현한다.

'단순하고 소박하며 자족할 줄 아는 삶'을 뜻하기도 하는 휘게는 새것보다는 오래된 것, 화려한 것보다는 단순한 것을 추구한다. 예를 들면 명품 롤렉스 시계보다는 부모님에게 물려받은 소박한 가죽 시계, 컴퓨터 게임보다는 여럿이 함께하는 보드게임, 마트에서 산 비스킷보다는 서툴러도 집에서 직접 만든 비스킷을 더욱 **'휘게'**하다고 표현한다.

사실 직접 가서 바라본 덴마크는 물가가 비쌌고 날씨도 궂은 나라였다. 하지만, 그들과 대화하면서 느낀 것은 그들은 삶의 행복의 기준을 타인과의 경쟁에서 이기는 것, 더 좋은 직장과 더 좋은 집에서 사는 것이 아닌 지금 나의 곁에 있는 사람들과의 '관계', '따스함', '친밀함', '평등함'에 두고 있었다.

당신의 하루는 '휘게'하셨나요?

Part 2

외롭지만, 충분하다

전전긍긍하는 관계에서
탈출하기

"관계가 깨질까 봐 전전긍긍하며 사는 것은
타인을 위해 사는 부자연스러운 삶이야."

– 기시미 이치로·고가 후미타케, 『미움받을 용기』 중에서

몇 년 전 우리나라에서 최고의 베스트셀러가 된 이 책에서는 자유롭고 행복한 삶을 위해 기꺼이 타인에게 미움받을 용기를 가지라고 했다. 나 또한 위로와 용기를 주는 문장에 밑줄을 그으며 여러 번 반복해서 읽었고 실천해 보려고도 노력했다.

그런데 현실에서 이런 용기를 낸다는 것은 어려웠다. 현대 사회에서 누군가와 관계가 깨질까 염려해서 자신의 의견을 확실하게 내세운다는 것은 쉽지 않은 일이다.

책을 읽을 때는 "그래, 나도 이렇게 해 보는 거야!"라고 다짐했지만, 막상 현실에 직면했을 때는 또다시 '관계가 깨질까' 전전긍긍하는 나의 모습을 보았다.

누군가에게 미움을 받으려는 사람은 아무도 없을 것이다. 일부러 미움을 사고 싶은 사람도 없을 것이다. 아마도 타인에게 미움받고 싶지 않은 마음은 사람에게 있어 가장 자연스러운 바람일 것이다. 하지만 내가 아무리 노력해도 나를 싫어하는 사람은 응당 있기 마련이다.

책에서는 "자유란 타인에게 미움을 받는 것이다."라고 말한다.

"타인이 나에 대해 어떤 평가를 내리든 마음에 두지 않고, 나를 싫어해도 두려워하지 않으며, 인정받지 못한다 해도 자신의 뜻대로 살아야 한다."

결국, 미움받는 것을 두려워하지 말라는 말이다. 이는 곧, 나를 좋아하지 않는 사람이 있다고 할지라도 그건 나의 몫이 아니라는 것이다. "나를 좋아해야 해.", "나를 좋아하지 않는 것이 이상해."라고 말하는 것 또한 오롯이 상대방의 판단일 뿐이다.

남이 나를 싫어하지 않았으면 좋겠지만, 싫어해도 상관없다. 행복해지려면 누군가에게 미움을 받을 용기가 생겨야 한다.

누구나 행복해질 수 있다.

그건, 타고난 능력이 아니라

오로지 용기의 '힘'이라는 것!

만약 미움받을 용기가 없다면

가끔은 용기 내서 자신에게 '**자유**'라는 두 글자를 선물해 보자.

인생은 한 번뿐이다!

슬픔을 잊은 그대에게

정말 슬픈 사람은
슬프다는 말을 하지 못합니다.

정말 외로운 사람은
외롭다는 말을 하지 못합니다.

정말 힘든 사람은
힘들다는 말을 하지 못합니다.

그러니, 그대
조용히 다가가 곁에 있어 주세요.

그것만으로도
큰 위로가 될 것입니다.

나와 나타샤와
다육이

2월 1일, 오늘은 나의 생일이다.

친구가 줄 것이 있다며 나를 꽃 가게로 데리고 간다. '내가 제일 좋아하는 꽃을 선물해 주려나 보다.'라고 생각했지만, 나를 반기는 것은 작고 아담한 다육이들이다. 자세히 보니 이곳은 다육이만을 전문적으로 판매하는 화원이었던 것이다.

"몇 년 동안 진심으로 기른 다육이가 자식 같아요."라며 정성스럽게 설명을 해 주시는 주인아주머니의 모습을 보고, '이분은 다육이를 진심으로 사랑하고 있구나.' 하고 느낄 수 있었다. 반려 식물을 키워 본 적 없던 탓에 "다육이를 죽이면 어떡하죠?"라고 걱정을 내뱉던 내게, 주인아주머니는 웃으면서 말씀하셨다.

"아가씨, 다육이는 잘 안 죽어요."

"잘 죽지 않는 식물도 있나요?"라고 되묻는 내게 주인아주머니는,
"너무 잘 보살피겠다며 정성을 쏟으면 다육이는 오히려 쉽게 죽을 수
있어요."라고 설명을 덧붙이셨다.

너무나 신기할 따름이다.

세상 만물은 남보다 더 사랑받기 위해 노력하는데, 다육이는 지나친
관심과 사랑을 주면 쉽게 죽는다니…….
어쩌면 나에게 정말 잘 어울리는 반려 식물일지도 모른다는 생각에
작고 귀여운 다육이를 두 개나 골랐다. 아담한 화분 두 개를 골라 다
육이를 이쁘게 심고선, 감사의 마음을 담아 생일을 축하해 준 친구를
두 손으로 끌어안았다. "절대 다육이를 죽이지 않고 잘 키워 볼게."라
는 다짐과 함께…….

주인아주머니의 조언대로
무심한 듯, 또 무심한 듯
다육이를 베란다에 두고

잠시 잊고 지낸 사이
다육이는 어느덧 꽃을 피우고 있었다.

꽃이 어찌나 예쁘던지
다육이와 인사하는 매일 아침이 작은 행복이 되었다.

크기도 작고 눈에 잘 띄지도 않지만

강한 생명력으로 꽃까지 피워 낸

다육이가 정말 대견스러웠다.

사랑해 주지 않아도

한결같이 나를 바라봐 주고

꽃을 피워 주는 다육이가 정말 고마웠다.

무심하게

관심 없는 척

그래야만 잘 자라는 다육이

나의 반려 식물은 화려하지는 않지만 그렇게 가족이 되어 갔다.

이처럼

어쩌면 너무나 많은 관심과 참견에

우리는 서로가 서로를

힘들어하고, 힘들게 하고 있는지도 모른다.

가끔은,

서로가 서로에게 적당한 거리를 남기면 더 깊은 관계를 유지할 수

있다.

말하지 않아도 서로에게 위로가 되어 주는 존재

우리에게 진정으로 필요한 건 작은 일상에서 발견하는

'소중한 침묵' 아닐까?

마음의 우산은
어디서 살 수 있나요?

11월의 가을, 아침을 기다리는 새벽부터 비가 내렸다.
이 비가 그치고 나면 아마도 겨울이 찾아오겠지? 그래서 그런지 비 오는 날의 아침이 더 춥게만 느껴진다.

힘들게 우산을 쓰고 직장에 도착해서 난방기를 틀었다.
밖에서 한기를 머금고 온 탓인지 더 따스하게 느껴지는 난방기의 온기……

　　따뜻한 홍차 한 잔과 함께 시작하는 비 오는 날의 월요일

비는 실내에서 보면 이렇게 예쁜데 우산을 쓰고 밖으로 나가면 전혀 다른 감성이다.
옷도 젖고 머리도 젖고 신발까지……

나도 모르는 사이 빗속에서는 우아함이나 고상함은 찾을 수 없다.

그런데도 왜 비가 오는 날이 이렇게나 좋은 걸까?

아마도 그건
아무리 세차게 부는 비바람이라도
언젠가는 멈춘다는 것을 알고 있기 때문 아닐까?

우리 집에 가장 많이 있는 건 우산이 아닐까 싶다.
한 번씩, 두 번씩 잃어버리고 사 모은 우산은 날이 갈수록 늘어 갔다.
언뜻 보면 우산이 좋아서 모으는 사람처럼 보인다.
하지만 비만 오면 쓰고 간 우산을 가지고 돌아오지 않을 뿐.
그래서 어차피 잃어버릴 것을 알기에 비싼 우산은 사지 않는다.

이처럼 비가 내리는 날이면 지금까지 사 모은 우산이 그 빛을 발휘한
다.

감성 가득한 하루를 보내기 위해 고른 나의 우산만큼
내가 고른 내 마음의 색깔

매일 햇빛만 가득한 날이면 세상은 어떻게 될까?
매일 행복만 가득한 날이면 인생은 어떻게 될까?

가끔은 비가 내려 주어야 햇살의 소중함을 알게 되는 것 같다.

행복도 그런 게 아닐까?

가끔씩 찾아와서 나를 괴롭게 하는 불행이 있어 행복의 소중함이 더

귀하게 느껴지는 것처럼 말이다.

그렇다고 해서 행복해지려고 불행을 무조건 견디라는 것은 아니다.

비가 내리면 우산을 쓰고 무지개를 기다리는 것처럼

불행이 찾아오면 마음의 우산으로 행복을 기다리면 된다.

마음의 우산은 어디서 살 수 있나요?

마음은 한없이 여려서 상처를 입기 쉽다.

그래서 우리 눈에 보이지 않는 깊은 곳 어딘가에 숨겨져 있는 것이다.

그 마음을 지키는 우산은

어디에서도 살 수 없다.

그건 마음 안에 우산이 함께하기 때문이다.

단지 그 우산을 펼치지 못했을 뿐.

그러니 마음의 우산을 펼칠 수 있는 '용기'를 가지기를 바란다.

누구나 마음의 우산을 가지고 있지만

그 우산을 펼치고 사는 사람은 많지 않다.

그래서 불행이 찾아오면

마음은 상처투성이가 되어 버린다.

불행은 행복해지기 위해 지나가는 비바람일 뿐이다.

언젠가는 멈출 비바람 뒤에는 무지개가 뜬다.

당신의 불행이 지나고 나면 반드시 행복이라는 무지개가 뜰 것이라는 믿음,

기적은 그 믿음에서부터 시작되는 것이다.

마음의 우산을 그대로 접어 둘지

아니면, 마음껏 펼쳐 당당하게 빗속을 걸어갈지

그건 지금 당신의 선택에 달린 것이다.

계절을 지내다 보면

비가 내리는 날도 있고
바람이 부는 날도 있고
눈이 내리는 날도 있고
햇살 가득한 날도 있다.

인생을 살아가다 보면

슬픈 날도 있고
기쁜 날도 있고
아픈 날도 있고
외로운 날도 있다.

이 중에서 무엇을 기억할지는 자신에게 달려 있다.

무지개를 기다리려고 비를 견디는 건 쉽지 않다.

하지만,

온전히 비를 느끼며 살아간다면 무지개는 늘 내 곁에 다가와 있을 것
이다.

'지금'

쓰고 있는 우산을

누군가와 함께 써 보세요.

그렇게

그 안에 담긴 당신의 마음을 표현해 보세요.

'함께'해 줘서 고맙다고.

너 참 예쁘다,
봄

가끔은 가까이서 보는 것보다 먼 곳에서 바라볼 때가 더 아름다운 것들이 있다.

함께 있는 사람의 소중함을 느끼고 싶다면, 가끔은 떨어져 있는 것도 좋다. 가족, 친구, 연인 모두 한층 더 그립게 느껴질 것이다.

내가 누구인지 알고 싶다면,
가끔은 먼 시야로 자신을 바라볼 필요가 있다.

원 안에 있다면 그 원의 크기를 알 수 없다.
원 밖으로 나가야만 그 원의 크기를 제대로 볼 수 있는 것처럼 말이다.
자신만의 원 안에 스스로를 가두지 말기를 바란다.

봄은 멀리서 보지 않아도 봄이다.

삶에서도 봄을 기다리는 것은 쉽지 않다.

하지만

봄 안에서는 봄을 느끼지 못한다.

겨울이 지나고 나서야 봄이 온다는 것을 깨닫는다.

내일을 알 수 없는 삶은 불안하다.

그래서 우리는 내일의 행복을 위해 오늘도 행복하게 살아야 한다.

삶이 아름다운 건 아마도 알 수 없는 미래가 존재하기 때문일 것이다.

20대의 풋풋함은 그대로 예쁘다.

30대, 40대, 50대…….

세월이 지날수록 점점 나이 들어 가는 자신의 모습을

거울 속에서 마주한다.

그때마다 20대와 30대를 떠올리며

"그땐 참 좋았는데……."라는 말과 함께

자신을 위로한다.

나이가 들어 가는 것은 신이 우리에게 주는 벌일까?

아니면 상일까?

어쩌면 그건 상도 벌도 아닌 삶의 일부분일지도 모른다.

봄이 되어서야 피어나는 개나리나 진달래처럼
가을이 되면 코스모스가 그 빛을 발한다.

때가 되어야 피어나는 것들이 있는 것처럼
우리의 삶에도 그 나이에 마주할 '무엇인가'가 있는 것이다.
그것을 찾아 헤매는 **'열정적인 삶'**이야말로
끝없는 청춘이 아닐까?

세상에 아름답지 않은 계절은 없다.
세상에 아름답지 않은 나이는 없다.

나이대별로 빛나는 날들이 있다.
우리는 그 빛을 찾아 떠나는 여행을 계속하는 것뿐이다.
삶의 종착점에 무엇이 기다리고 있는지는
그 누구도 알지 못한다.

그러니 우리가 잊지 말고 살아가야 할 것은
'지금, 이 순간'이
당신에게 있어 가장 젊고 아름다운 날이라는 것이다.

'아무리 힘든 하루일지라도 멀리서 볼 수 있는 아름다움'과

그 안에서 피어날 **당신의 봄에 꽃이 피기를 바란다.**

기다려도 행복이 오지 않나요?

그럼 지금, 만나러 갈까요?

"인생은 초콜릿 상자에 있는 초콜릿과 같아.

어떤 초콜릿을 선택하느냐에 따라 맛이 달라지듯이

우리의 인생도 어떻게 선택하느냐에 따라

인생의 결과도 달라질 수 있어."

- 영화, 「포레스트 검프」 중에서 -

배가 고프면
아직은 괜찮다는 것이다

눈을 뜨자마자 배가 고파 밥을 먹는다. 저녁을 많이 먹고 잤는데도 배가 고픈 요즘, 생각해 보니 먹는 양이 예전보다 늘었다. 스트레스를 받다 보니 자꾸만 먹을 것을 찾게 된다. 사람들은 마음의 평화를 찾기 위해 일련의 행동들을 하게 되는데 나의 경우에는 먹는 것이었다. 마음이 불안하면 우리의 뇌는 가장 민감하게 받아들인다고 한다. 스트레스를 받으면 뇌에서 자극적이고 빠르게 섭취할 수 있는 음식을 먹으라는 신호를 보낸다. 그럴 때면 아침을 좀 더 천천히, 잠을 좀 더 많이 자려고 노력한다. 피할 수 없는 스트레스는 직장인의 운명과도 같은 것이다. 그렇다면 우리의 행복감을 높이기 위해 스트레스를 어떻게 해소해야 하는 것일까?

해답은 바로 자신의 일상 속에 있다.

당신은 하루 중 가장 많이 만나는 직장 동료와 어떻게 지내고 있는가? 직장에서의 스트레스 중 가장 많은 부분을 차지하는 것은 업무를 포함한 인간관계이다.

직장에서 잘 지낸다는 건 어떤 것일까?
우리는 스트레스 없이 직장에서 어떻게 잘 지낼 수 있을까?

안타깝게도 스트레스 없는 직장은 없다. 그렇다면 가능한 한 스트레스를 최소화할 수 있는 방법은 없는 것일까?

같은 공간에서 일하는 동료 중에는 나와 친한 사이
친하지는 않지만 인사 정도는 하는 사이
관계가 틀어져서 싫어하는 사이
싫어하지는 않지만 좋아하지도 않는 사이 등
다양한 관계가 형성되어 있다.

너무 친하면
동료를 언니나 형, 오빠 등으로 부르는 사람이 있다.
하지만 얼마 지나지 않아 관계가 틀어지면
누구보다도 좋지 않은 사이가 된다.

직장은 언니, 형, 오빠, 동생을 만들기 위해 오는 곳이 아니다.

나와 함께 업무에 대해서 논의하고
서로 피해가 되지 않도록 조심하며
평등하게 공존해 가는 곳이다.

그런 곳에서의 관계라면 너무 뜨겁지도 너무 차갑지도 않은 사이,
서로가 서로를 수평으로 놓고 바라볼 수 있는 관계가 되어야 하는 것
은 아닐까?

그러니 직장 내에서 홀로 밥을 먹고
누구도 자신과 어울려 주지 않는다고 주눅 들지 말기를.
직장은 나의 생계를 위한 소중한 곳이다.
그곳에서 만들어진 잘못된 무리 안에 들지 못했다고 하여 잘못된 것
은 아니다. 오히려 집에 있을 가족을 생각하며 힘들게 일하는 생활 전
선에서조차 그룹을 만들어 배척하는 사람들이 성숙하지 못한 것 아
닌가.

사람은 누구나 다른 생각을 가지고 있다.
다른 생각을 가진 사람을 인정하고 함께 가려고 할 때
우리는 서로에게 스트레스가 되지 않는다.

여유와 휴식을 잃은 삶은 메마른 땅과 같다.
꽃이 피고, 나무가 자라기 위해서는 바람도 비도 필요하듯

삶의 열매를 맺기 위해서는 '웃음'이 필요하다.

우리에게 주는 '뇌의 스트레스 신호'는 여유와 휴식을 찾으라는 메시지일 것이다.

여유와 휴식은 멀리 있는 것이 아니다.
내가 걷는 이 길에서
내가 만나는 사람들로부터 얼마든지 찾을 수 있다.
그 안에 '웃음'이 피어나는 인생.
그러기에 서로가 서로에게 노력해야 한다.
관계를 맺고 헤어지는 것은 쉽지만,
그 관계를 오랜 시간 유지해서 '함께' 가는 것은 어렵다.
사람들과 관계를 유지하고 공존하는 것은
그만큼 소중한 것이 아닐까?

사람은 혼자 있어 외로운 것이다.
자신의 속마음을 털어놓고 지낼 수 있는 사람이 한 명도 없을 때
가장 외로운 것이다.

관계는 여러 사람과의 만남보다 그 '깊이'의 문제인 것이다.

다름을 인정하고 존중하는 사회는

바로 오늘 내가 나가는 일터에서부터 시작한다.

외로우니까 많이 우는 당신

외로우니까 많이 먹는 당신

외로우니까 크게 웃는 당신이라면

하루의 일상에서 자신을 괴롭히는 스트레스의 원인을 찾아보자.

그리고

아침에 눈을 떴을 때

어떤 하루를 보낼지 생각하고 그렇게 실천해 보는 것이다.

그 하루가 모여 당신의 삶을 변화시켜 줄 것이다.

"행복한지 따져 보는 건

우울해지는 지름길이야."

- 영화, 「우리의 20세기」 중에서 -

첫눈은 왜
따뜻한 걸까?

'첫'이라는 글자에는 신비한 힘이 있다.
그건, 두렵지만 설레고, 힘들지만 뿌듯하고, 괴로웠지만 결국 추억으로 남는
다.

12월의 출근길,
하얀 눈이 내린다.
그런데, 왜 이렇게 따뜻한 거지?

매서운 추위 속에서 눈을 맞으며 걷고 있으면, 어느 순간 추위보다 하
얀 눈에 설레고 만다. 특별한 일이 없어도 크리스마스가 기다려지는
것처럼 말이다.

첫눈에는 따뜻한 희망의 온도가 있다.

나에게도 좋은 일이 생길 거라는 기대와 설렘은 첫눈과 함께
또 다른 희망을 안겨 준다.
마치 하얀 세상에 봄과 여름, 가을, 겨울이라는 색연필을 칠해
아름다운 한 폭의 그림을 그리는 것처럼
"지나가는 날보다 다가오는 날이 훨씬 행복할 거야."라는 근거 없는
희망을 눈 위에 써 내려간다.

미래에 대한 희망은
항상 과거를 되돌아보게 한다.

손이 시리도록 눈사람을 만들며 웃던 어린 시절의 친구가 그리워지고,
길을 가다가 발견한 호떡과 붕어빵에 행복해지고,
자판기에서 뽑은 커피 한 잔에 따뜻해졌던,
그 시절에는 몰랐던 소중함.

왜 소중한 건 지나고 나서야 깨닫게 되는 것일까?

예전에 직장의 선배가 이런 말을 한 적이 있다.
"눈도, 비도, 꽃도 아름다워지는 날이 오면, 그때는 나이가 들었다는
것이다."라고…….

그땐 그 말이 무슨 말인지 이해가 되지 않았다.

하지만 점점 나이가 들어 가는 이제는 그 말이 무슨 말인지 알 것 같다.

결국 우리의 인생도 눈과 비와 꽃처럼 언젠가는 사라질 것이다. 그래서 어쩌면 살아가는 것이 더 소중할지도 모른다.

사라지는 것들은 아름답다.

하루하루가 요즘 들어 빨리 지나간다. 20대에는 하루가 참 느리게만 갔는데 왜 나이가 들수록 시간은 이렇게 야속하게 빨리 흘러만 가는 것일까?

태어나면서부터 죽음에 가까워진다는 아이러니 속에서 우리는 살아간다. 매일 눈만 내린다면 설렘도 아쉬움도 느끼지 못할 것이다.

잠깐, 왔다 가는 눈처럼

우리도 인생에서 잠깐 왔다가 간다.

눈이 너무 예뻐서 녹지 않도록 잡아 두려고 해도 잡아 두지 못하는 것처럼,

세월 또한 잡고 싶지만 잡지 못한다.

그래서

잡지 못할 것이라면 자신의 '지금 이 순간'을 충분히 즐겨야 한다.

나이가 들어 자연스레 생기는 주름과 흰머리가 싫다고
20대의 젊은 아이들처럼 옷을 입고 화장을 하는 것이 아름다울까?

그 나이가 되어야만 알게 되는 것들이 있다.
봄에 피는 벚꽃이 아름다운 이유는 피었다 지는 시기를 잘 알고 있기
때문일 것이다.

정말 예쁜 꽃다발을 선물로 받았지만
며칠 뒤면 꽃은 시들고 만다.
그래서 굳이 비싼 꽃을 사야 할 필요가 있을까 싶지만

그 꽃은
누군가에게는 기쁨
누군가에게는 설렘
또 누군가에게는 슬픔으로 남는다.
지는 것은 같지만 그 꽃에 담긴 추억은 각자 다른 의미를 가진다.
꽃이 졌다고 해서 추억까지 사라지는 것은 아니다.

삶도 마찬가지 아닐까?
한 해 한 해 나이가 들어 가면서 젊음은 사라지지만
그 안에 담긴 추억은 그대로다.

가진 것이 너무 많을수록 놓기가 어렵다.

하지만

삶은 야속하게도 올 때도 갈 때도 그 어느 것 하나 가지고 떠날 수가
없다.

모두 가지고 떠날 수 없다면

자신을 괴롭히던 것들을 놓아줘야 한다.

'그럴 수도 있지.'라는 마음으로 스스로를 힘들게 하는 자신으로부터
자유로워지자.

당신의 마음속 티끌만 한 아픔이라도 가끔은 눈처럼, 비처럼 그렇게
흘려보내자.

그저, 사라지는 것을 사라지게 두는 것도 행복이다.

내 기억 속의 첫눈처럼

누군가의 추억 속에서 첫눈으로 남기를 바라며

내일의 첫눈을 이렇게 또 기다려 본다.

첫눈처럼

오늘 하루도 봄이기를 바랍니다.

아름다운
나의 일상에게

얼마 전 「생활의 달인」이라는 프로그램을 시청하였다. 수많은 분야의 고수를 찾아서 취재하는 다큐멘터리로 3D 업종이나 자영업 종사자들이 주인공이라는 점 때문에 긍정적인 평을 받고 있는 프로그램이다. 흔히 '달인'이란 학문이나 기예에 통달하여 뛰어난 역량을 가진 사람, 널리 사물의 이치에 통달한 사람을 의미한다. 이와 같은 정의를 응용하면 '생활의 달인'이란 생활에 통달하여 뛰어난 역량을 가진 사람, 널리 생활의 이치에 통달한 사람을 의미하는 것이다.

생각해 보면 우리 주변에는 **'생활의 달인'**이 정말 많은 것 같다. 길거리를 걷다 보면 수십 년 동안 한 장소에서 음식을 파는 사람들을 볼 수 있다. 그들의 놀라울 만큼 빠른 손놀림을 보고 있으면 감탄이 절로 나온다. 비록 누군가에게는 소박한 일이지만, '생활의 달인'이 가진 득도의 경지는 매우 놀랍다.

그들을 지켜보며 '나는 과연 한 분야의 전문가일까?'라는 생각으로 나의 삶을 되돌아보게 되었다.

'우리는 모두 일상의 달인'이다.

소소한 일상에는 많은 것이 함께한다. 그 안을 자세히 들여다보면 우리는 매일 같은 하루를 보내지만, 전혀 다른 자신과 마주하게 된다.

웃음, 눈물, 슬픔, 아픔, 고통, 기쁨의 감정을 가진 일상

서로가 가진 소소한 일상의 이야기 속에서 어쩌면 우리는 다시 살아갈 용기와 힘을 얻는 건 아닐까?

나에게 있어서 일상의 소중한 행복이 있다면?

주말 아침에 일찍 일어나 근처 공원을 산책하며 조용히 혼자만의 시간을 보내는 것이다. 특별할 것 없는 아침이지만 한 주간 지친 나의 몸과 마음을 위로해 주는 소중한 시간이기도 하다.

봄이 오면 봄 향기
여름이 오면 여름 향기
가을이 오면 가을 향기

겨울이 오면 겨울 향기로 가득한 이 거리를 나는 사랑한다.

이렇게 일상에서 발견한 소중한 하루는 우리에게 특별한 힘이 되어
준다.

평범한 하루에 감사하며

영화 속 한 장면처럼
우리는 모두 '특별함'을 꿈꾸지만
영화 같은 일은 좀처럼 일어나지 않는다.
사실 평범하게 산다는 것이 가장 쉬운 일 같지만
생각해 보면 가장 어려운 일이다.
평범함이 바로 특별함이다.

조그만 동네의 평범한 여행자

이번 여행지는 어디로 할까? 고민하고 또 고민해 본다.
여행은 가기 전부터 가고 난 후까지 피곤하고, 준비해야 할 것이 많은
데 왜 이렇게 설레는 것일까? 그건 나의 일상을 잠시나마 벗어난다는
해방감이 가장 클지도 모른다. 20대의 여행은 목적지를 정해 놓고 가
는 여정이었던지라 피로감이 훨씬 크게 느껴졌다. 30대에는 여행이
친목을 도모하는 연례행사처럼 느껴지기도 했다. 그러던 어느 날 문

득 짐을 싸면서 이런 생각이 들었다.

나는 왜 여행을 멀리만 가려고 하는 것일까?

솔직히 지금 내가 살고 있는 동네조차 제대로 본 적이 없었다. 가 본 곳은 고작 출퇴근을 하는 길과 가끔 친구들을 만나는 식당, 카페 그리고 여유가 있으면 들르는 서점 정도였다.

휴일에는 동네 어귀라도 나가 볼까 싶지만, 결국 지키지 않는 약속처럼 늦잠을 자고 빨래를 하고 좋아하는 드라마나 영화를 본다.
시간이 남으면 내가 가장 좋아하는 조용한 카페에 들러 음악을 들으며 여유롭게 책을 읽는다. 창밖 너머 지나가는 사람들의 모습을 그저 멍하니 바라보는 그 시간이 마냥 좋다.

나의 20대의 여행은 어쩌면 정신없이 보내는 하루하루처럼 주변에 무엇이 있었는지조차도 기억하지 못하는 바쁜 일정이었는지도 모른다.

여유도 없는 여행의 목적지에서
과연 우리는 행복할 수 있을까?

우리의 삶은 여행과도 같다.
매일 새로운 인생을 살아간다. 그리고 그 여행지에서 수많은 사람을 만나고 헤어지며 사랑하고 상처받으며, 울고 웃는다.

여행의 질을 결정하는 것은 어쩌면 어디로 가는지의 목적지가 아니라 그 여정 자체일지도 모른다.

여행을 하면서 느꼈던 감동의 깊이
그것이 여행의 질을 결정하는 것은 아닐까?

인생이 여행이라면, 그 여행의 질을 결정하는 것은 수많은 사람과 함께하는 것으로부터 오는 감동의 깊이일지도 모른다.

모두가 같은 배낭을 메고 같은 길을 걸어간다고 해도,
그 목적지에 도달했을 때 느끼는 감정은 사뭇 다를 것이다.

나는 이제, 이 조그만 동네의 여행을 시작해 보려고 한다.
현관문을 나서며 보이는 풍경, 바람 그리고 들꽃
지나가는 차와 사람들을 보며 계절이 오고 가는 것을 바라본다.

어쩌면, 이 순간이
우리의 인생을 좀 더 풍요롭게 해 주는 멋진 여행이 되어 줄지도 모른다.

작은 나의 책상에 앉아

따뜻한 바닐라 라테를 마신다.

복잡한 도시의 소음을 잠재워 줄 음악이 흘러나온다.

11월의 어느 일요일 오후 2시의 햇살이 이렇게 따스했었나?

창밖 너머 풍경은 어느덧 가을이구나 싶을 만큼 무르익어 간다.

그리고 생각한다.

당신과 나는 다르지 않다.

나는 당신이 행복하기를

나는 당신이 미래를 꿈꾸기를

나는 당신이 위로받기를

나는 당신이 사랑하기를 원한다.

나도 그러길 바란다.

자신만의 이야기를 새롭게 만들어 가는

'일상의 달인'이 되기를 바란다.

밤마다 울컥
눈물이 나는 날에는

일상에 지치면 자주 찾는 곳이 하나 있다.
바로 강릉 안목 해변이 그곳이다.

잔잔한 바다와 해 질 녘의 석양을 커피에 담아낸 듯한 그곳의 바다 향기

나는 그곳이 좋다.

안목 해변에서만 느껴지는 여유로움은 나에게 위로를 준다.
고요하게 앉아서 바다를 보고 있으면 힘든 일들조차도 추억이 되어
준다.
그곳에는 특별한 힘이 있다.

강릉에 가게 된 계기는 나와 정말 친한 친구의 고향이었기 때문이다.

그 시절 나는 국내 여행에 빠져 있었고, 어디든 가 보고 싶었다.
"강릉에 한번 가 보지 않을래?"라는 친구의 말과 함께 우리의 강릉 여행은 시작되었다.

강릉의 첫 느낌은 우선, 엄청 조용하다.
사람들이 천천히 걷는다.
스마트폰을 보면서 걷는 사람이 거의 없다.
그리고 가는 곳마다 모두 아름답다.

그렇게,
처음 간 강릉에서 나는 마치 수학여행이라도 온 학생처럼 설레고 있었다.

그러다,
친구는 "여행의 마무리는 역시 바다지."라며 안목 해변의 석양을 보러 가자고 했다.

KTX를 탈 시간까지는 아직도 충분했기에 나는 기꺼이 친구의 의견에 동의했다.

우리는 그렇게 여행의 종착점을 향해 갔다.
그리고,

아름다운 파도 소리에서
붉게 물든 석양에서
황금빛 물결로 빛나는 모래사장에서

나는 생각지 못한 위로를 받았다.

많은 여행지를 돌아다녔고, 아름다운 광경도 여러 번 봤지만, 마음의
울림을 준 곳은 몇 군데 없었다. 그런 나에게 가장 큰 울림을 주었던
곳.

이유는 모르겠다.

왜 그렇게 그날 나는 하염없이 고요해졌는지.

마치 나에게 괜찮다고, 지나가는 일들이라고 토닥여 주는 것 같았다.

나는 강릉 안목 해변을 따라 위로라는 바다를 걸었다.

누구나 살아가면서 자신만의 가장 아름다운 여행지가 있다.

그리고

그 여행지에는 특별한 추억이 담겨 있다.

아마도

우리의 인생도 결국 그 안의 가장 아름다운 여행지를 찾으러 떠나는

여정은 아닐까?

오늘 하루도 멋진 여정이 되기를 바란다.

연꽃 만나러 가는
길에서

한여름의 폭염을 헤치고 친구와 연꽃을 보러 갔다. 평소에도 굉장히 좋아하는 꽃 중의 하나였기에 잔뜩 기대하고 있었다. 연꽃의 꽃말은 순결과 청순한 마음이라고 한다.

중국 북송 시대의 유학자 주돈이는 「애련설」에서 연꽃을 꽃 가운데 군자라고 하였을 정도로 연꽃은 각별한 의미를 갖는다. 이는 연꽃이 비록 평생을 진흙 속에서 살지만, 세속의 갖은 풍파에 얽매이지 않고 초연(超然)한 군자의 풍모를 지녔기 때문일 것이다.

보기만 해도 화사한 연꽃은 물가에 피는 꽃으로 유명하다. 또한 연꽃이 큰 꽃을 피우기 위해서는 흙탕물이 필요하다고 한다. 아이러니하게도 깨끗한 물에서는 흙탕물과 반대로 작은 꽃만 피운다는 것이다.

흙탕물 속에서 커다란 꽃을 피우는 꽃

즉, 연꽃은 어려움을 무릅쓰고 크게 피워 내는 '삶의 향기'를 맡을 수 있는 꽃이다.

연꽃은 많은 물을 꽃잎에 담아 두려 하지 않기에 물이 떨어지면 그 흔적을 남기지 않는다. 스스로 자신이 짊어질 수 있는 물의 무게를 알고 비워 낼 줄 아는 꽃이다.

이 꽃을 보고 있으면 나도 모르게 마음이 차분해진다.
물이 아무리 더러워도 꿋꿋하게 아름다운 꽃과 향기를 피워 내는 그 꽃에게서 배워야 할 것이 참 많다는 생각이 든다.

채우는 것만큼 중요한 비움

물을 꽃잎에 많이 채우려 하면 할수록 연꽃의 줄기는 그 무게를 지탱할 수 없을 것이다. 연꽃은 안다. 부러지기 전에 비워 내야 한다는 것을…….

우리는 사실 너무 많은 것을 마음속에 담아 두며 살아간다.
그리고 그 무게가 스스로를 힘들게 할 때가 온다.
그 순간, "나는 능력이 없어.", "나는 실패했어.", "나는 너무 나약해."

등과 같은 부정적인 말로 자신의 한계를 결정하고 만다.

무겁다면 잠시 내려놓고 가면 된다.

살아가다 보면 나도 모를 흙탕물에 빠질 때가 있다.
자책, 원망, 후회 등의 마음속 흙탕물에 자신을 물들게 해서는 안 된
다.

오히려,
그곳에서 자신의 꽃을 피워 내야 한다.

흙탕물을 피하며 살 수는 없어도 그곳에서 어떻게 벗어나는지를 배
우고 성장한다면 기회가 될 수도 있다.

연꽃의 줄기는 연하고 부드러워
어떤 강한 바람에도 잘 꺾이지 않는다.

그러니,

더 강해지기 위해 노력하기보다는
가끔은 지금보다 더 유연해지는 건 어떨까?

너무 강한 나무는 부러지기 쉽다.

강한 바람이 불어도 그 바람과 함께할 수 있는

'유연함'이야말로

어쩌면 마지막까지 열매를 맺을 수 있을지도 모른다.

오늘의 열매를 맺고

내일의 꽃을 피우는

연꽃 같은 삶이 되기를.

혼자가 되는 것도
용기가 필요하다

나는 **외롭다.**
나는 **고독하다.**
나는 **쓸쓸하다.**

사람은 누구나 이런 감정을 느끼며 살아간다. 하지만 누군가에게 직접 "**나 지금, 너무 외로워.**"라는 말은 쉽게 하지 않는다. 아니 말하지 못한다. 외롭다, 고독하다, 쓸쓸하다고 생각하는 것이 말하지 못할 비밀은 아닌데, 왜 타인에게 이런 이야기를 쉽게 하지 못하는 걸까? 지그문트 바우만은 『고독을 잃어버린 시간』에서 "모바일 커뮤니케이션에 중독된 현대인들은 왜 잠시도 혼자 있는 것을 견디지 못할까?"라고 질문한다.

과연, 우리는 하루에 스마트폰을 얼마나 사용할까?

홀로 있는 시간은 물론, 걸으면서도 스마트폰을 손에서 놓지 못한다. 스마트폰을 보지 않고 살아가는 것은 어쩌면 이 넓은 우주에 혼자 남겨진 기분이랄까······.

얼마 전 나는 4년간 사용하던 휴대폰을 교체하고자 매장을 찾았다. 휴대폰을 사러 가서 개통하기까지 불과 2시간도 걸리지 않았다. 그런데 개통을 기다리는 그 짧은 시간마저도 휴대폰을 사용할 수 없다는 생각에 불안감이 밀려왔다. '혹시 전화가 되지 않는 동안 중요한 연락이 오지는 않을까?'라는 생각에 급하게 휴대폰을 개통하고 집으로 돌아왔다. 불과 2시간 정도였지만 세상과 단절된 느낌이 들었다.

왜 우리는 고독을 즐길 수 있는 능력을 잃어버린 것일까?

어쩌면 그 해답은 '고독을 위기'로 받아들이는 데에서 찾을 수 있을지도 모른다. 고독은 '새로운 나'를 만날 수 있는 기회일지도 모르기 때문이다. 어느 순간부터 우리는 인스타그램, 페이스북, 카카오톡 등의 보여 주기 위한 삶에 집중하며 자신의 내면을 바라보는 시간조차 잃어버리게 되었다.
잠시, 스마트폰과 멀어져 혼자만의 시간을 가져 보는 건 어떨까?

고통이라는 인식에서 벗어나 외로움과 고독을 유연하게 대처할 때, 비로소 남들이 바라보지 못하는 또 다른 자신과 마주할 수 있다.

누군가에게 멋진 나로 보이기 위한 마음을 잠시 내려놓아 보자.

고독 속에서 '자신의 내면'에 귀를 기울여 보는 시간이 많아질수록 외부에서 겪게 되는 상처와 아픔에 단단해질 수 있다.

"책 속에 길이 있다."라는 말처럼 '우리의 마음속에도 길'이 있다.

'마음'은 늘 무엇인가를 기억하려고 애쓴다.
좋은 기억에서 느꼈던 것
슬픈 기억에서 느꼈던 것
이 모두를 잊지 않기 위해 마음의 책장에 하나하나 그려 넣는다.

사람은 저마다 마음속에 '책 한 권'을 품고 산다.
하지만 자신의 깊은 내면에 있는 책장을 제대로 읽어 보지 않은 채,
다른 사람의 '마음 읽기'에 집중하고 '위로'라는 처방을 건넨다.

　　　　왜 자신의 내면은 들여다보기 어려운 것일까?

우리가 품고 사는 '마음의 책'을 왜 펼쳐 보지 못하는 것일까?

너무 다정해서
너무 따뜻해서

나보다 남을 먼저 배려하느라

결국

내 마음의 상처도

내 마음의 슬픔도

모르는 채로 지내다

어느 순간 '나는 지금 무엇을 하고 있는가.'라는 깨달음의 시간이 온다.

그 순간, 마음의 책을 펼쳐서 제대로 읽어 보아야 한다.

내 마음은 괜찮은지

내 마음은 아프지 않은지

스스로에게 물어봐 주어야 한다.

그렇게 자신을 알아 가는 과정을 통해서 진정한 '나다움'으로 살아갈 수가 있다.

사람의 마음 안에는

글로 쓰이지 않은 수많은 자신만의 이야기가 존재한다.

그 이야기의 주인공, 저자와 독자 모두 자신이다.

그리고 결말이 어떻게 될지는 아무도 알지 못한다.

그럼에도 우리는 과거에 사로잡힌 오늘의 나를 보며

미래를 결정해 버리고 만다.

누구나 특별하지만
모두가 특별하지는 않다.

누구나 한 권의 책을 품고 살지만
모두가 그 책을 읽는 것은 아니다.

타인이 생각하는 자신의 모습은 중요하다.
하지만 더 중요한 것은 자신이 생각하는 스스로의 모습이다.

아름다운 꽃일수록 상처가 많다.

몇 년 전 동유럽 여행을 갔을 때
멀리서 본 정경은 하나같이 그림처럼 아름다웠다.
하지만 막상 가까이 다가가
건물의 외곽을 보니
사뭇 다른 모습에 놀라곤 했다.
하나같이 오래된 벽은 상처투성이였고
관광객들이 적어 놓고 간 글자들로 빼곡했다.

밤이면 무도회처럼 화려한 불빛으로
아름다움을 한껏 뽐내던 야경도 낮이 되어 직접 가 보면
그때의 모습과는 전혀 다른 광경에 실망했다.

사람도 누구나 아픈 상처 하나는
안고 살아간다.

다른 사람들이 보기에는
멋지고 화려해
부러움의 대상이 되는 사람일지라도
막상 자세히 들여다보면
어딘가에 상처받은 '그와 그녀'가 있다.

다른 사람을 이해하기 위해서는
누구에게나 아픈 상처가 있음을 인정하고
나 또한 스스로의 아픔부터 제대로 볼 줄 알아야 한다.

그리고 자신을 사랑해 주어야 한다.

그러니
오늘 마음의 책을 펼쳐 쓰고 읽어라.

한 권의 책을 품고 사는 당신이 시인이며 소설가이다.

어떤 이에게는 과거가 아픈 기억일 수도 있다.

하지만,

그 기억을 안고 아파하며 살아가느냐

그 기억에서 무엇인가를 배우느냐는

오로지 자신의 몫이다.

잠시, 주변에 있는 것들을 바라봐 주세요.

뛰어난 상상력과 추리력도

결국에는

내 주변의 소소한 일상 속

작은 관심과 관찰에서부터 시작해요.

나의 어른에게 보내는
위로

스트레스는 내면의 두려움에 대한 이야기라고 한다. 쉽게 말하면 스트레스를 받을 때와 두려움을 느낄 때 나타나는 신체 반응이 서로 같다는 것이다. 다시 말하면 실패할 만한 객관적인 이유 때문에 두려워하는 게 아니라, 자신에게 문제가 있다는 잘못된 인식, 근거 없는 수치심, 습관적인 자기 비난 등과 같은 자신이 만들어 낸 이유가 두려움의 원인이 된다는 것이다.

자신이 만들어 내는 두려움과 맞서다.

인생에서 스트레스를 받지 않고 살아간다는 것은 거의 불가능한 일이다.
스트레스가 많은 당신에게
상처가 많은 당신에게

나는 스트레스를 받지 않기 위해 노력하는 것보다 스트레스를 잘 해소하는 방법을 생각해 보라고 권하고 싶다.

나 또한, 극심한 스트레스로 몸과 마음이 심히 아플 때가 있었다. 그때는 무엇이 나를 그렇게 힘들게 했던 건지 지금 생각해 보면 그 이유는 정확하게 떠오르지 않는다. 다만, 내가 아팠다는 사실은 기억한다.

그렇게, 나는 나에게 휴식의 시간을 주기로 했다.

"힘들고 어려운 일을 할 때는 일하는 만큼의 휴식도 필요하다."

- 미겔 데 세르반테스

더 이상 나아갈 수 없으면 차라리 잠시 그 자리에서 쉬어 가는 것도 나쁘지 않다는 생각에 무작정 휴직에 들어갔다. 바쁜 일상 속에서 너무나 부족했던 잠을 무한정 잤다. 깨어나고 나서 생각한 건 '정말 잠이라는 녀석은 자도 자도 졸리는구나.'라는 것이었다. 어떻게 매일 그렇게 잤는데도 졸리는 건지…….

"잠, 네가 이겼어!"

세상에서 가장 무거운 것이 무엇이냐고 물으면,
난 당연히 눈꺼풀이라고 대답하고 싶었다.

충분히 잠을 자고, 좋아하는 음식을 먹고, 산책을 하고, 음악을 듣고,
또다시 잠을 잤다…….

사람의 몸은 정말 무엇이든 금방 적응하는 것 같다. 이런 나의 생활이
너무 익숙해져 갔고, 난 처음으로 **"쉼"**이라는 한 글자의 소중함을 깨
달았다.

상처도 아물 '쉼'이라는 시간을 주어야 한다.

"넌 왜 이렇게 쉽게 상처받니?"라고 아무렇지 않게 말을 하는 사람들
은 자신이 준 상처는 전혀 기억하지 못한다. 결국, 상처를 준 사람은
없는데 상처를 받고 있는 사람들만 남는 것이다.

어른도 쉽게 상처를 받는다.

나이가 들어 간다는 것은 어른이라는 두 글자와 함께 책임감, 의무감
등이 따라온다는 것을 의미한다. 어린 시절, 어른들은 울지도 않고 누
구보다 강한 존재라고 생각했다. 그런데 내가 어른이 되고 보니 상처
는 나이에 비례하지 않는다는 것을 알게 되었다.

상처 주는 사람으로부터 자신을 지켜 줄 수 있는 건 바로 '**나**'이다.

누군가가 자신을 평생 지켜 준다는 것은 거의 불가능한 일이다. 결국 우리는 스스로 '**나**'를 지켜 나가야 한다. 그러기 위해서는 아무리 힘든 일이 있어도 다시금 튀어 오를 수 있는 '**마음의 근육**'을 단련시키는 '**회복 탄력성**'을 지니고 있어야 한다.

병원에 가서 수술을 받고 나면 언젠가는 그 수술한 부위가 아물고 새 살이 돋으며 점점 나아 가지만, 보이지 않는 마음의 상처는 자신을 평생 힘들게 한다.

그러니 마음속 상처를 그대로 두어 또 다른 상처를 남기지 말자.

나를 사랑해 주고, 지지해 주는 사람의 관심과 애정을 덮어 더 이상 상처가 덧나지 않도록 해야 한다.

나를 사랑하는 일이 가장 어려운 당신이라면
가장 쉽게 할 수 있는 것부터 시작해 보자!

√ 자주 산책하기
√ 자신의 생일에 나에게 선물하기
√ 가끔은 가까운 도시를 여행하기
√ 인스타나 블로그에 소개된 '맛집 탐방'해 보기
√ 좋아하는 운동하기
√ 사랑하는 사람과 영화 보기
√ 주말에는 드라마 몰아 보기

간단하고 특별한 것은 없지만,
자신이 평소에 하고 싶었던 것들을
나의 일상으로 초대해 보자!

사랑 중에 가장 최고의 사랑은

바로, 자신을 사랑하는 것이 아닐까?

사랑은 당신의 가장 가까운 곳에 있다.

To. 잔잔하지만 거친 일상을 사는 당신

"자유로운 사람이란, 죽음보다 인생에 대해서

더 많은 것을 생각하는 사람이다."

-스피노자 -

당신은 어떤 사람인가요?

오늘 하루 다른 사람이 아닌

바로 '나'에 대해서 알아 가 보는 건 어떨까요?

분명, 또 다른 나와의 설렘이 기다리고 있을 거예요.

Part 3

소소하지만, 행복하다

내 마음의
알라딘

갑작스러운 손님의 방문은 청소에 대한 나의 뜨거운 열정을

갑작스러운 시험의 압박은 공부에 대한 나의 뜨거운 열정을

갑작스러운 서러움은 속상함에 대한 나의 뜨거운 눈물을

이것의 공통점은 **갑자기** 일어난다는 것이다.

이사를 할 때마다 듣는 어머니의 잔소리 중 하나는 15년 넘게 모은 책들을 좀 버렸으면 좋겠다는 것이다.
나에게는 오랜 습관이 하나 있다.
그건 '책 모으기'이다. 지금까지 모아 놓은 책들은 나의 지나온 시간을 말해 주듯 소중하게 우리 집의 공간들을 차지하고 있다. 어머니의

잔소리에도 꿋꿋하게 버틴 이 책들이 갑자기 무거운 짐처럼 느껴졌을 때 나는 극심한 슬럼프에 빠져 있었다.

이상하게도 나는 이 책들을 전부 정리해야만 나의 마음의 무게도 덜어질 것 같은 착각이 들었다. 그래서 내가 선택한 것은 중고 서점 알라딘에 읽지 않는 책들을 정리하는 것이었다. 몇 박스나 되는 책을 모두 정리하고 나자 나의 책장은 마치 가벼운 깃털로 하늘을 나는 새처럼 무거운 짐을 내려놓은 듯했다. 읽지 않는 책을 판가름하는 것은 마치 시험 문제를 풀 때 헷갈리는 두 개의 선지 중에서 정답 하나를 고르는 것처럼 나를 혼란스럽게 했다. 어쩌면 한 권의 책도 버리고 싶지 않은 나의 부질없는 욕심 때문이었을지도 모른다. 그런데 막상 책을 전부 정리하고 나자 넓어진 나의 방을 보며 무엇인지 모를 상쾌함이 들었다.

여전히 쌓아 두고 읽지 않는 책이 있거나 입지 않는 옷들이 있다면 뜨겁게 정리해 보기를 바란다. 그리고 힘든 일이 있을 때는 실컷 뜨겁게 눈물을 흘려 보는 건 어떨까?

눈물은 마음을 뜨겁게 청소하기 위해 존재하는 것인지도…….

조금은 가볍게 걸어갈 수 있도록 짊어지고 있는 것들을 잠시 내려놓는 시간,
그런 작고 소중한 시간들이 모여 오늘도 살아갈 힘을 얻을지도 모르

기 때문이다.

**15년을 넘게 모아 놓은 책처럼 우리의 마음도 어딘가에
버려야 할 상처를 가지고 살아가고 있는 건 아닐까?**

상처라는 두 단어에는 많은 이야기가 담겨 있다.
그리고 그 안에는 의도치 않은 상처로 인한 미움도 함께 존재한다. 살
다 보면 언제 어디서나 모두를 사랑하기는 쉽지 않다. 아니 어쩌면 불
가능한 일인지도 모른다.

지금 미워서 견딜 수 없는 사람이 있다면
그를 위해서가 아니라
스스로를 위해서 모두 잊기를 바란다.

물론 '말은 쉽지.'라고 생각할지도 모른다.
그리고 그것이 얼마나 어려운 일일지도 안다.
그럼에도 불구하고
당신의 삶을 위해서 '용서'하기를 바란다.

마음도 스펀지와 같다.
어떤 생각을 가지고 살아가느냐에 따라
자신의 삶으로 흡수한다.

그것이 행복이라면 더없이 좋겠지만
만약 미움이라면 끝없는 지옥이 되고 만다.

'용서'는 누구를 위한 것도 아닌 자신을 위한 선물이다.

그러기 위해
우리는 마음의 그릇을 키워 나가야 한다.
사소한 일에도 화를 내는 작은 마음에서
상대를 이해하려는 마음으로
조금씩 자신의 마음을 길들여 나가야 한다.

마음도 생명처럼 살아 있다.
어떤 빛이 들어와 자신을 비춰 주느냐에 따라
여러 색을 띠게 된다.

아무리 미운 사람이라 할지라도
자세히 보면 분명 미움의 이유가 있다.
그렇다고 그 사람을 무조건 이해하라는 말이 아니다.
적어도,
자신의 삶을 망칠 만큼의 '증오'를 갖지 말라는 것이다.
오히려

그런 이들의 행동을 보고
타산지석 삼아 나를 성찰해 가며
현명한 삶의 방향을 찾아야 하는 것은 아닐까?

미워하는 마음은 쉽지만
용서하는 마음은 어렵다.
그건 많은 것을 이해해야 하고 내려놓아야 하기 때문이다.

그럼에도 불구하고 우리는 자신을 위해 상대를 이해하며 마음을 길
들여 나가는 삶을 살아야 한다.

자신의 일에 더 집중하고
자신을 사랑하는 사람들과 함께하며
미움이 자라나지 않도록 스스로를 아끼는 삶을 살기를 바란다.

문제는 어쩌면 상처의 크기나 깊이가 아닐지도 모른다.

과거의 지나온 상처를 비우지 못하는 현재일지도…….

시간 앞에서는 누구나
서글프다

내 사진첩에는 아직도 오래전에 찍은 할머니의 사진들이 있다. 그 사진 속에서 할머니는 당장이라도 나를 안아 주실 것 같은 미소로 바라보고 있다. 나의 기억은 자꾸만 시간과 함께 스러져 가는데 사진만큼은 그 시간을 붙들고 있다. 아마도 사진은 시간을 가두는 힘이 있는 것 같다.

어린 시절, 나는 할머니가 태어나면서부터 할머니의 모습인 줄로만 알았다. 그러다 점점 나이가 들어 갈수록 할머니의 이야기를 들으며 어린 시절의 할머니 모습을 상상해 보곤 했다. 돌아가신 할머니의 사진을 보고 있으면 어느 순간 나는 어린 시절로 되돌아가곤 한다. 나도 모르는 사이 훌쩍 커 버린 나에게 미처 안녕이라는 인사도 할 수 없이 바쁘게 지나온 시간 앞에서 갑자기 서글픈 생각이 들었다. 시간은 한정되어 있는데 왜 이렇게도 빠르게만 지나 버리는 것일까?

시간 앞에서는 누구나 서글프다. 삶은 죽음과 동행하는 여행이기에 우리는 지나온 과거를 후회로 남기지 말고 다시 시작하는 내일을 맞이해야 한다. 단지, 풍요로움을 찾는 것에 목적을 두는 것이 아니어야 한다.

스스로의 삶을 풍요롭게 만드는 것이야말로 한정된 시간 안에서 행복해질 수 있는 방법이 아닐까?

두 번의 기회는 없는 것처럼

삶을 살아야 해!

– 영화 「어바웃 타임」 중에서

영화 「어바웃 타임」의 주인공 팀은 성인이 된 날, 아버지로부터 놀랄 만한 가문의 비밀을 듣게 된다. 바로 시간을 되돌릴 수 있는 능력이 있다는 것! 자신의 꿈을 위해 런던으로 간 팀은 우연히 만난 사랑스러운 여인 메리에게 첫눈에 반하게 된다. 그녀의 사랑을 얻기 위해 자신의 특별한 능력을 마음껏 발휘하는 팀은 꿈에 그리던 그녀와 매일매일 최고의 순간을 보낸다. 하지만 그와 그녀의 사랑이 완벽해질수록 팀을 둘러싼 주변 상황들은 미묘하게 엇갈리고, 예상치 못한 사건들이 여기저기 나타나기 시작하는데…….

결국, 이 영화는 '어떠한 순간을 다시 살게 된다면 과연 완벽한 사랑을 이룰 수 있을까?'라는 내용이다. 팀은 돈이나 명예 때문에 시간을 되돌리지 않는다. 자신의 아버지에게 들은 대로 가장 소중한 것 하나,

바로 사랑을 위해서만 이 신비한 능력을 사용한다. 사랑하는 이들을 위해 몇 번이고 결과를 바꾸기 위해 노력하지만, 그 끝에는 시간 여행으로도 바꿀 수 없는 것이 있다는 것을 깨닫는다. 가장 중요한 것은 매 순간, 현재를 즐기는 것임을 알게 된다는 내용으로 영화가 마무리된다. 불확실한 미래에서 그런 신비한 능력이 없다 해도 가장 확실한 것은 **'지금 이 순간만'**은 즐길 수 있다는 것이다.

그러니,

정답을 찾으려 애쓰지 말자.

인생에 정답이 있을까?
잔인하게도 삶은 항상 선택의 연속이다.
그 선택 속에서 우리는 정답을 찾기 위해 애쓴다.
청소년들이 가장 선호하는 직업 1순위가 공무원이라고 한다. 이유는 안정된 삶을 보장해 준다는 것이다.

자신이 바라던 꿈을 이루지 못하면 패배한 삶일까?
인생에서 어떤 길로 가야 옳은 정답을 찾을 수 있는지는 아무도 모른다. 그래서 우리는 두 갈래의 길에서 어느 한 곳을 선택해야 한다면 '가장 후회하지 않을 길'을 선택한다.
어느 쪽을 선택하든 가지 못한 길에는 항상 후회와 아쉬움이 남는다. 그리고 그 선택 뒤에는 "그때 조금만 더 열심히 했다면…….", "그때 조금만 더 참고 견뎠다면……."이라는 말로 현재의 자신을 위로한다. 정말 '그때' 더 열심히 하지 않아서, 더 참지 않아서 자신이 만족할 만한 결과를 얻지 못한 것일까?

삶을 살다 보면 간절히 바라던 일에 실패하는 일이 종종 있다. 그때 우리는 마음속으로 계속 도전해 볼 것인지 아니면 포기하고 다른 길을 갈 것인지를 고민한다. 그 어떤 누구도 이 질문에 대한 정답을 알려 주지 못하기에 선택도 정답도 결국은 자신의 의지에 달려 있다. 여행을 가면 낯선 곳에서 가끔 길을 잃게 된다. 그럴 때마다 목적지를 찾지 못한 자신을 비난하기보다는 오히려 길을 잃은 그 자리에서부터 새로운 여행을 시작해 보라고 말하고 싶다. 인생도 여행과 같다. 태어난 순간 우리는 매일매일 낯선 여행을 맞이한다. 그 여행의 여정을 선택해 나가는 것은 오롯이 자신의 몫이다.

여행에서 길을 잃는 건 새로운 여행의 시작이다.

만약, 당신이 두 갈래의 길에 서 있고 어느 쪽을 선택해서 가야 한다면, 나는 열 명이 오른쪽을 가라고 해도 스스로가 왼쪽을 가고 싶다면 그 길이 자신의 길이라고 생각한다.
인생의 정답은 우리가 학창 시절 배웠던 과목의 정답처럼 확실하지 않다. 그래서 길을 잃고 헤매기도 하고, 후회하기도 하며 그렇게 또 다른 나로 성장해 나간다. 삶은 점수를 매기고 등급을 나눠 평가할 수 있는 항목이 아니다. 그러니 스스로가 자신에게 매겨 놓은 점수에 얽매여 비참해지지 않기를 바란다.

가끔은
잃어버린 길에서 쉬어 갈 수 있는 여유를 가지고
지나간 과거 속에 오늘을 얽매여
오지 않은 미래에 대한 불안으로 삶의 목적을 잃지 않기를.

일상에서 누군가를 이기는 것보다 중요한 것은
실패와 좌절이 온다고 하더라도
살아 나갈 수 있는 자신만의 방법을 배우는 것.
그것만이 정답이다.

너무 어두워 길이 보이지 않을 때는

해가 뜰 때까지 기다렸다 다시 걸어가면 된다.

살아가면서 알게 된 것

하나,
지난 시간 속에서 자라는 후회로
지금을 포기할 수는 없다는 것

둘,
서로의 마음이 항상 똑같지 않다는 것

셋,
인생에 행복만 존재하지는 않다는 것

넷,
세상에 완벽한 것은 존재하지 않다는 것

마지막, 그래서 지금을 놓쳐서는 안 된다는 것.

행복에도
레시피가 필요하나요?

사회적 거리 두기가 한창인 요즘 직장에서 먹을 점심을 챙기는 아침
이 다소 낯설게 느껴진다. 학창 시절 도시락을 들고 등교하는 기분과
는 사뭇 다른 어른의 점심 도시락이라고 해야 할까?

오늘도 열심히 유튜브에서 도시락 반찬 만드는 법을 본다.

어묵볶음
애호박전
멸치볶음
가지나물
시금치나물
콩나물무침
그 종류만큼 다양한 레시피……

사실 나를 위한 점심 도시락을 챙긴다는 것이 처음에는 힘들었다. 그냥 샌드위치나 편의점에서 파는 도시락, 빵과 우유 등을 준비해서 갈까도 생각했다.

오롯이 나만을 위해 만드는 도시락인데 왜 이렇게 힘든 걸까?

나의 첫 번째 과제는 도시락 반찬을 만드는 법부터 배우는 것이었다. 수십 가지나 되는 반찬의 종류와 레시피가 처음에는 외워지지 않아 노트에 써 가며 여러 번 반복해서 봤다. 그리고 재료를 구입해서 직접 만들어 보았지만, 생각했던 것보다 다른 맛에 실망하기도 여러 번, 다음번에는 잘할 수 있으리라는 혼자만의 다짐을 하며 아쉬운 마음을 달랬다. 다행히도 유튜브로 배운 나의 요리 실력은 시간이 흐를수록 좋아졌다. 손님이 올 때나 누군가를 위해서 음식을 만들었던 예전과는 달리, 지금은 오로지 나만을 위한 음식을 만든다.

퇴근하는 길에 오늘 저녁은 어떤 음식으로 나를 행복하게 해 줄까 고민한다.

된장찌개? 아니면 콩나물국?

아침, 점심, 저녁 세 끼를 먹고, 자고, 일어나 일을 하는 반복되는 하루. 단 한 끼만이라도 나를 위해 식사를 준비한다는 것이 이렇게 행복한 일이라는 것을 예전의 나는 미처 알지 못했다.

식사 준비를 하면서
그날 하루 있었던 일들을 생각해 보며
하루를 마무리하는 일상.

최근 들어 혼자 사는 사람이 늘어 가고 있다.
물론 나 또한 그중의 1인이다.
혼자면 외롭지 않으냐고 물어보는 사람들도 있다.
당연히 혼자는 외롭다.
하지만 혼자여서 좋은 것도 많다.

혼자 있는 시간을 제대로 즐기지 못한다면
둘, 셋과 있더라도 재미있지 않다.
음식을 만들 때 레시피가 중요한 것처럼
삶에서도 행복해지기 위한 '자신만의 레시피'가 필요하다.

신선한 재료가 아무리 많아도
제대로 된 레시피를 알고 있지 않으면
맛있는 음식이 나오지 않는다.

인생도 아무리 많은 기회가 있어도

제대로 준비되어 있지 않으면
자신이 원하는 삶에서 멀어진다.
혼자 있는 삶을 제대로 사랑할 때
타인과의 삶도 행복할 수 있다.

자신만의 '행복 레시피'를 만드는 매일이 되시기를 바란다.

그 어떤 비싼 음식보다도 건강한 음식은
자신을 사랑하는 마음을 듬뿍 담아 만든 **나를 위한** 음식이 아닐까?

오늘도 내일의 점심 도시락을 기대해 본다.

"인생에서 성공하는 비결 중 하나는

좋아하는 음식을 먹고 힘내 싸우는 것이다."

- 마크 트웨인 -

불행 예방 레시피

희망 한 스푼에

설렘 한 스푼을 넣고

웃음 한 스푼을 볶아

사랑 한 스푼을 뿌리고

인생이라는 한 그릇에 담아 잘 섞어 주기.

메마르지 않기 위한
사치

당신은 자신을 위해 어떤 휴식을 즐기고 있나요?

휴식을 생각하면 캠핑을 하러 가거나 먼 나라로 여행을 떠나는 것, 아니면 요즘 젊은이들 사이에서 유행하는 호캉스 등을 떠올린다. 그리고 어떻게 지내고 왔는지, 어떤 음식을 먹었는지 등의 사진과 글을 SNS에 올리느라 바쁘다. 최근에는 유튜브에 올리는 사람도 많아졌다. 휴식이라고 하기에는 업무보다 더 바쁘다.

나이가 들어 가장 후회되는 것 중의 하나가 무엇이냐고 물었을 때 자신을 위해 제대로 된 휴식을 즐기지 못한 것을 꼽는다.

그만큼 우리에게 휴식은 가깝고도 먼 '사치'이다.

나는 보통 휴식을 하면 책을 읽는다.

무슨 휴식 시간까지 책을 읽느냐고 말하는 사람들도 있겠지만, 평소에 읽지 못했던 책을 읽으며 지내는 하루가 나에게는 어떤 시간보다 소중하다.

친구들과 여행도 다녀 보고, 호캉스도 해 보고 캠핑도 가 봤다.

하지만 가장 행복한 휴식은 집에서 조용히 앉아서 좋아하는 음악을 들으며 책을 읽는 시간이었다.

바쁜 일정으로 가는 여행에서는 바쁘게 걸어 다닌 것만 기억이 난다. 어떤 여운도 느끼지 못했다. 오히려 동네 산책길을 걸으며 조용히 생각하는 시간이 더 큰 감동을 줄 때가 있었다.

어린 시절에는 **"놀지 말고 공부해라."**라는 말을 자주 듣는다.

하지만 어른이 된 지금은 **"일만 하지 말고 놀아라."**라고 말해 주고 싶다.

바쁜 일상 속에 지친 우리는 노는 것도 하나의 과제처럼 느끼고 있다. 휴식만큼은 누군가에게 보여 주기 위함이 아닌 온전히 자신만을 위한 '쉼'이어야 한다.

그러기 위해 자신이 무엇을 좋아하는지

어떤 것을 해 보고 싶은지 등에 대한 답을 찾기 위해
끊임없이 부지런해져야 한다.

흔히 '논다'라는 것을
아무것도 하지 않고 있는 무기력의 상태라고 생각한다.
하지만 제대로 '쉼'을 즐길 수 있게 된다면
'논다'라는 것이 얼마나 바쁘고 부지런한 일인지를 알게 된다.

자기소개서에서 항상 물어보는 것 중 하나가
바로 '취미 생활'이다.
하지만 자기소개서 속 대표적인 취미 생활은
영화 감상, 독서 등으로
신기할 만큼 모두가 비슷한 취미 생활을 가지고 있다.

왜 우리는 취미까지 비슷해진 것일까?

어쩌면 취미 생활을 즐길 여유조차 없이
입시, 취업 등의 생활 전선에 내몰리다 보니
바쁘지 않으면 안 되는 삶을 살게 된 것은 아닐까?

혼자서 놀고 있으면
남보다 뒤떨어지는 것 같아 불안해지면

이전보다 더 열심히 일을 한다.

우리는 열심히 일하지 않아 불행한 것이 아니라
쉬지 않아 행복하지 않은 것이다.
이제는
열심히 살아온 삶만큼 '쉼'에서도 부지런해지자.

노는 것에 게을러지지 말자!

여러분의 '휴식'은 지금 어떤가요?

우리가 쓰는 마법
'말 좀 가려 합시다'

저녁 반찬으로 오이무침을 하기 위해 오이를 썰다 나도 모르게 손을 베였다. 크게 베인 상처가 아니기에 연고도 바르지 않은 채 방치해 두었다. 그렇게 다음 날이 되자 베인 손가락이 너무 아팠다.

작은 상처도 아팠다.

어쩌면, 삶 속에서도 이렇게 작은 말들로 베인 마음의 상처를 그대로 방치해 둔 채 살아가고 있는 것은 아닐까?

작은 상처일수록 더 다독여 주고 치료해 주어야 큰 상처로 덧나지 않는다.

누군가에게 들었던 아픈 말들로 상처받은 자신을 그저 바라보기만

한 채 스스로가 나약한 인간이라고 생각하지는 않는지,

스스로 위로를 받아야 함에도 불구하고 가장 비난하고 있는 존재가 자신이지는 않은지…….

베인 손가락은 언젠가는 아물지도 모르지만 말로 베인 상처는 평생 한 사람을 아프게 한다.

말은 때론 가장 강력한 힘을 가져서 누군가에게 용기와 희망을 주기도 하지만 절망과 슬픔을 주기도 한다.

아무렇지도 않게 내뱉는 말에는 '신비한 힘'이 있다.

대뇌학자들의 연구에 의하면 말은 뇌세포에 98% 정도의 영향을 미친다고 한다. 요즘은 너무나 아무렇지 않게 비속어를 사용하는 사람들을 지하철, 길거리, 카페 등에서 발견하게 된다. 눈에 보이지 않는 '말'은 누군가에게 잊지 못할 아픔을, 때로는 살아갈 희망을 주기도 한다.

오늘 하루 당신이 한 말은?

누군가를 위해 준비하는 가장 비싼 선물은
아마도 그를 위한 따뜻한 말 한마디가 아닐까?

어색해서

용기가 없어서

너무 부끄러워서

오히려 반대로 말하는 경우도 있다.

좋은 말에도 연습이 필요하다.

시험을 잘 치르기 위해서 많은 연습 문제를 풀어 봐야 하는 것처럼
삶에서도 좋은 말을 많이 하기 위해서는 꾸준한 연습이 있어야 한다.

자신과 타인에게 건네는 따뜻한 말 한마디로 오늘 하루를 시작해 보
는 건 어떨까?

너 때문에, 나 때문에
서로에게 무심코 던지는 날카로운 말들에 베여 상처 난 오늘이 되지
않기를 바란다.

오늘부터 삶을 바꾸는 말을 실천해 보자.

사랑해.

미안해.

괜찮아.

너만 그런 건 아니야.

그렇게 말해 줘서 고마워.

진심이 담긴 한마디는 그 어떤 선물보다
진한 감동을 준다.

매일 행복을 키워 가는 말로
삶을 풍요롭게 만들어 보자.

수많은 말 중에서 자신의 생각을 따뜻하게 전해 보는 하루!
어쩌면, 그 안에서부터 삶의 변화가 생길지도 모른다.

우리의 언어에는 온도가 있다.

당신의 '말 한마디'에 따뜻한 위로를 받기도 하고

당신의 '말 한마디'에 지우지 못할 상처를 받기도 한다.

마음은 자신이 하는 말을 따라간다.

그러니,

습관처럼 행복한 말을 많이 하다 보면

당신의 인생도 그렇게 될 것이다.

행복에는
빈부 격차가 없으니까

10원

100원

500원

오늘도 저금통으로

언제부터인가 지폐와 동전은 나의 지갑 속에서 흔적을 감추고 신용
카드들이 그 자리를 채우고 있다. 지폐와 동전이 아니면 물건을 살 수
없었던 예전과 달리, 이제는 신용 카드 한 장이면 무엇이든 가능하다.

편하면서도 왠지 모를 허전함은 무엇일까?

봉투에 고이 담아 서랍 안에 넣어 둔 동전 꾸러미를 1년이 지난 어느
날 우연히 발견한 적이 있다. 예전에는 동전을 들고 은행에 가면 지폐

로 바로 교환할 수 있었지만 요즘은 동전을 바꾸는 날짜가 정해져 있다고 한다. 그래서 열심히 인터넷을 검색해서 가장 가까운 은행을 찾아 동전을 바꿀 수 있는 날짜를 알아보았다.

경해진 동전 바꾸는 게 이렇게 어려운 일이었나?

은행으로 동전을 들고 가 지폐로 바꾸고 보니 적지 않은 액수였다. 바꾸는 과정은 힘들었지만 지폐로 받고 보니 왠지 모를 뿌듯함이 몰려왔다. 은행에서 돌아오는 길에 문구점에 들러 돼지 저금통을 샀다. 그리고 그 안에 10원을 집어넣었다. 990원에서 10원이 없으면 1,000원이 되지 못하는데도 우리는 10원의 가치를 알지 못할 때가 있다.

어쩌면 인생에서도 내가 놓치고 있는 10원의 소중함이 있을지도 모른다. 매일 만나는 직장 동료들과의 사소한 일상의 대화, 아침 출근길에서 마주친 작은 들꽃 한 송이, 반려견을 데리고 산책하는 동네 어르신의 행복한 웃음처럼…….
너무 당연한 일상에 그 아름다움을 잊고 지내고 있었는지도 모른다.

티끌은 아주 작다.
그래서 자칫 그 소중함을 잊어버릴 때가 많다.

그러기에

오늘 '행복 저금통'을 만들어 보자.

하루 중 가장 기억에 남는 추억을
작은 메모지에 적어
저금통에 모아 두고
1년이 지난 어느 날 열어 보는 것이다.

행복한 일이 없어서 우울한 것이 아니라
우울한 일만 기억하기 때문에 우울해지는 것이다.

지금부터는 행복한 추억을 따로 모아
마음의 저금통에 담아 보자.

그리고
불행하거나 스스로가 우울하다고 느낄 때면
한 번씩 저금통을 열어
'삶의 행복'을 찾아보는 것이다.

아주 작고 사소한 일이라도 좋다.
자신이 추억하고 싶은 일이라면 뭐든 좋다.
'행복 저금통'에는 빈부 격차가 없으니까.
아무도 주워 가지 않는 동전이라도

누군가에게는 꼭 필요한 것처럼

어떤 사람에게는 사소한 일이라도
누군가에는 소중한 일이 되기도 하기 때문이다.

티끌만 한 동전부터 큰 액수가 될 수 있다.
티끌만 한 작은 행복에서 우리의 인생이 풍요로워질 수 있다.

인생은 항상 행복하지만은 않다.

가끔은 슬프기도 하고

가끔은 외롭기도 하고

가끔은 아프기도 하다.

하지만

이것들이 다 지나고 나면 미소 짓기도 한다는 것이다.

그러니 언젠가는 지나갈 일에 너무 아파하지 말기를.

"과거는 흘러갔고, 어쩔 수 없는 거야. 그렇지?

세상이 널 힘들게 할 때,

신경 끄고 사는 게 상책이야!"

- 영화, 「라이온 킹」 중에서 -

되풀이,
원래 그런 것은 없다

매일 똑같은 시간에 일어나 출근을 하고 같은 장소에서 같은 일을 한다. 20대에는 그런 일상의 반복이 당연하다고 생각했다. 점점 시간이 흐를수록 지겹고 힘들게 느껴졌지만, 얼마 지나지 않아 그 일상 속에 새로움이 있다는 것을 알게 되었다. 항상 같은 길을 걸어서 출근하지만 어제의 아침은 아니다. 오늘은 내 인생에서 처음 맞이하는 날인 것이다. 새로운 것을 얻기 위해서는 **끊임없는 일상의 반복**이 필요하다.

나는 좋아하는 음악, 영화를 반복해서 보는 습관이 있다. 특히, 가사가 나의 마음을 흔든 곡은 100번이고 반복해서 듣는다. 똑같은 음악과 영화를 되풀이해서 듣고 보는 것이 뭐가 그리 재미있을까 싶지만, 되풀이 과정에서 내가 처음에 놓쳤던 것들이 보일 때가 있다.

"되풀이를 사랑한다. 같은 장소에서 같은 시간에 같은 일을 하는 것을 사랑

한다. 되풀이하다 보면 뭔가 얻기 때문이다. 되풀이가 쌓이면 그 똑같은 나날 위를 미끄러져 나아가기 시작한다. 그때 글쓰기가 시작된다."

– 칼 오브 크누스가르드

같은 여행지도 20대에 갔을 때와 30대, 40대에 갔을 때의 느낌은 전혀 다르게 다가온다. 창밖 너머로 보이는 모든 것이 같지만 다른 색을 띠고 있다.
비가 오는 날 우산을 쓰고 가는 사람들의 우산 색깔도 얼마나 다양한가. 우리가 생각하는 것보다 더 많은 것이 다양한 색깔과 소리를 낸다.

하루하루의 일상도 같지만 다르다.

바쁘게 일하며 지내다 보면 어느 순간 계절이 가는지도 모르게 봄이 오고 여름이 간다. 그리고 가을이 왔다 겨울로 접어든다. 작년에 입었던 옷들을 계절별로 바꿔 가면서도 정작 바뀌어 가는 계절을 느끼지 못하는 것은 아마도 다들 지쳐 있기 때문이 아닐까?

커피 한 잔의 여유처럼
당신의 인생에도 쉼표를 선물해 보자.
가끔은 쉬어 갈 수 있는 용기!

일상의 궤도에서 잠시 벗어나면 잠깐은 불편하고 낯설지도 모르지만 **같은 시간, 같은 장소, 같은 일**에서 그간 보이지 않았던 **시간, 장소, 일**들이 불현듯 보일지도 모른다.

그런 당신의 이야기를 들려줘 보는 건 어떨까?

하루에 하나씩

일주일에 하나씩

한 달에 하나씩

나를 기록하는 시간을 마주하다.

초등학교 시절 매일 일기를 쓰고 그 일기를 선생님께 검사를 받던 시절이 있었다. 지금 생각해 보면 그때의 일기는 마치 숙제와도 같았다. 날씨를 기록하고 제목을 쓰고 서툰 그림을 그리고 나면 짧게 그날에 있었던 일을 적어 내려갔다. 누군가 나의 일기를 본다고 생각하니 솔직한 나의 감정을 쓰는 것이 쉽지 않았다. 그래서 항상 비슷한 내용을 적었던 것 같다. 학교에 가서 친구들과 어떤 놀이를 했는지, 저녁에 먹은 반찬이 어땠는지 등의 사소한 일들을 써 내려갔다. 나의 일기장에는 항상 선생님의 검사가 끝난 후의 도장이 찍혀 있었다.

내가 하고 싶은 말보다 있었던 사실만을 적기 바빴던 그 시절, 나는 일기장에 어떤 내용을 담고 싶었던 것일까?

어른이라는 두 글자가 나를 따라다니는 순간부터 일기장과는 멀어져 갔다. 그러던 어느 날 문득 한 달에 한 번쯤은 일기를 써 보고 싶었다. 한 달 동안 가장 기억에 남은 일을 떠올리며 그날의 감정들을 솔직하게 써 내려갔다. 한 페이지를 넘지 못한 나의 어린 시절의 일기장과는 다르게 한 달에 한 번씩 쓰는 일기장은 누군가에게 검사를 받지 않아도 한 장씩 자리를 채워 갔다. 이렇게 나 자신에 대하여 알아 가는 시간은 가치 있는 시간이다. 이렇게 의미 있는 시간을 통해 내가 가진 상처와 정면으로 마주했을 때 비로소 타인의 아픔을 이해할 수 있게 되는 것은 아닐까?

자신만의 이야기를 글로 남겨 보는 것! 그건 어쩌면 세상에 하나뿐인 나를 만나는 가장 소중한 시간이 될 것이다.

가장 예쁜 노트에 나의 하루를 담아 보는 것.

가장 소중한 나를 담아내는 시간!

오늘부터 일기장에 자신의 이야기를 담아 보는 건 어떨까?

어쩌면, 그 안에 새로운 나를 만날 수 있는 기회라는 두 글자가 숨겨져 있을지도 모른다.

누군가 다정하게 당신의 이름을 불러 준다면

사람들은 당신의 이름은 알지도 모른다.

하지만

당신만의 이야기는 모른다.

누군가는 당신이 이루어 놓은 것들에 대해 이야기할지도 모른다.

하지만

당신이 그것을 이루기 위해 경험해야만 했던 이야기는 모른다.

누군가 다정하게 당신의 이름을 불러 준다면

그건

당신의 이야기가 듣고 싶다는 것은 아닐까?

다른 시간

다른 장소

다른 일은 불편하고 낯설지만 설렘을 준다.

새로운 것에 대한 도전

낯선 자신과의 만남!

오늘보다 젊은 '나'는 없다.

나의 행복을 다른 사람에게 맡기지 말자.

스트레스에는
떡볶이가 답이다

금요일 저녁이면 퇴근 후 고생한 나를 위한 특별한 식사를 준비한다.

그건, 바로!!!

떡볶이, 순대 그리고 튀김이다.

물론 직접 만들지는 못하고 배달 앱을 통해서 추천이 가장 많은 맛집
을 고르고 골라 신중하게 결정한다.

어린 시절 학교 앞 분식집에서 친구들과 먹던 떡볶이, 순대 그리고 튀
김은 나에게 있어 최고의 간식이었고 행복이었다.

달달하고 매콤한 떡볶이에 순대를 찍어 튀김과 함께 먹고 있으면 하

루의 피로가 풀리는 기분이 든다. 나이가 들어도 찾게 되는 나의 최애 음식!!! 힘들고 지친 날일수록 더 찾게 되는 떡볶이!!!
도대체 이 작은 음식에 무엇이 담겨 있길래 이렇게 그리운 것일까?

한때 유행했던 컵 떡볶이, 취향대로 직접 만들어 먹는 즉석 떡볶이, 매운 떡볶이, 짜장 떡볶이······. 떡볶이의 종류는 무궁무진하다.

아무렇게나 만들어도 떡볶이는 맛있다. 특별한 레시피가 아니어도, 그저 떡과 고추장만 넣어 만든 평범한 맛이어도, 그 안에는 우리의 재미난 이야기가 담겨 있다.

"행복은 어쩌다 한 번 일어나는 커다란 행운이 아니라 매일 발생하는 작은 친절이나 기쁨 속에 있다."

– 벤저민 프랭클린

유튜브 속 소소한 이야기

요즘 난 유튜브에 빠졌다.

내가 가장 즐겨 보는 유튜브는 살아가는 이야기를 담은 것들이다.

아침에 일어나 커피와 빵을 마시고 어떤 옷을 입고 나갈지 고민하는 모습과 직장에서의 생활을 담은 소소한 일상의 이야기가 대부분이다.

점심 도시락 메뉴를 결정하고 만드는 과정을 보여 주는 유튜버도 있고, 자취하는 일상을 찍어서 올리는 유튜버도 있다.

'왜 이런 일상을 찍어서 올리지?'라는 호기심에서 출발한 그들의 일상 유튜브 영상은 나에게 위로를 준다.

얼굴도 모르는 그녀들의 유튜브 영상에는 살아가는 일상의 행복이 함께 담겨 있다. 아침에 일어나 준비하는 커피 한 잔에 하루의 시간을 담아내는 그녀들의 부지런함에는 누구나의 일상이 있다.

별별 유튜브가 있는 별별 세상에
별별 일이 일어난다.

인스타그램, 카카오톡, 블로그, 페이스북 등 수많은 SNS에 올라온 영상과 사진은 우리의 외로움을 달래 준다.

누군가와 소통하고 싶어 하는 당연함

누군가에게 사랑받고 싶어 하는 당연함

누군가를 사랑하고 싶은 당연함

이러한 **당연함**이 더욱더 절실해지는 요즘

어쩌면 유튜브 속 일상들은 배고픔만큼 허기진 외로움을 달래 주며 누군가에게 조금 더 다가가고 싶은 당연함이 아닐까?

떡볶이를 함께 먹던 친구 혹은 연인 그리고 가족, 동료…….

그 안에 오고 갔던 소소하지만 우리를 살아가게 하는 이야기들…….

어쩌면, 떡볶이가 맛있는 건 **그 시절의 그리움**이 담겨 있기 때문이 아닐까?

순한 맛에서 매운맛까지 인생의 쓴맛과 단맛을 그대로 담고 있는 떡볶이 맛의 강도만큼 느껴지는 행복과 불행의 온도.

아마도 떡볶이 한 접시에는 그것을 먹으며 기억하는 웃음, 눈물 그리고 우리의 평범한 이야기가 담겨 있을 것이다.

특별한 무엇인가가 되지 않아도 오래 기억될 수 있다는 평범한 진리.

퇴근 후 먹는 불타는 금요일 밤의 떡볶이, 순대 그리고 튀김은 그 무엇과도 바꿀 수 없는 소중한 일상이다.

오늘 당신은 떡볶이가 먹고 싶다.

당신에게 있어서 가장 매운맛이 나는 하루지만
그 안에 함께하는 달달한 행복을 떠올려 보자.

때론 순하게

가끔은 얼얼할 정도로 매운 떡볶이의 맛!

때론 행복하게

가끔은 죽을 만큼 슬픈 인생의 맛!

언젠가는 지나갈 일들에 너무 힘들어하지 마세요!

당신 참 잘하고 있어요!

미친 사과나무를
다루는 법

어느 마을에서 산비탈을 개간해 배나무를 심었다. 가난에서 벗어나고자 마을 사람들은 열심히 배나무를 심고 가꾸었다. 배나무를 심을 때는 희망을 심었고, 거름과 물을 줄 때는 희망을 가꾸었다. 자라나는 배나무를 보는 것만으로도 그들은 행복했다. 시간이 흘러, 나무에 열린 것은 기대했던 배가 아니라 사과였다. 애초에 묘목을 잘못 골라서 심었던 것이다. 배나무를 심었다고 믿어 많은 기대를 했던 마을 사람들은 그만큼 실망감도 커져 현실을 도무지 받아들일 수가 없었다. 그래서 그들은 열매를 사과라고 부르지 않고 배라고 부르기 시작했다. 그러자 또 다른 문제가 발생했다. 마을에 이미 사과나무가 있었고, 그 나무에서 사과가 열리고 있었기에 그들은 기존의 사과를 어떻게 불러야 할지 고민에 빠졌다. 혼란을 피하기 위해 그들은 그것마저도 배라고 부르기로 했다. 그런 연유로 그들에게는 사과나무가 존재하지 않게 된 것이다. 배를 팔러 시장에 나갈 때마다 다른 동네 사람들이 사과를 배라고 부르는 그들을 놀리고 비웃었다. 그런 식으로 그 마을 사람들은 어디를 가나 조롱을 피할 수가 없었다. 자신들이 기대한 배가 아니라 사과를 맺은 그 미친 나무에 대한 배신감과 수모감이 극에 달하자 마침내 그들은 일제히 산비탈로 달려가서 그 나무를 모두 뽑아 버렸다.

    - 이청준, 「미친 사과나무」, 『소문의 벽(이청준 전집 4, 2011)』, 문학과지성사

얼마 전에 읽은 이청준의 「미친 사과나무」의 줄거리이다. 우리는 살아가면서 기대했던 일에 실망하기도, 믿었던 사람에게 배신을 당해 좌절하기도 한다. 배나무라고 믿었는데 사과가 열리는 경우가 있는 것처럼 말이다. 살다 보면 의도하지 않게 상처를 입게 된다. 하지만 스스로 기대한 배가 아니라고 해서 그 배신감으로 사과를 맺은 나무를 모두 뽑아 버리는 것은 자신에게 가하는 또 다른 상처가 될 수 있다.

인생은 내가 원하는 열매만 맺는 건 아니야.

가끔은 배를 심었는데 사과가 열리기도 한다. 그럴 때마다 상처를 받고 배신감에 실망하며 지내기에는 우리에게 주어진 인생은 길지 않다. 상처받지 않는 것이 아니라 상처와 아픔을 어떻게 대처해 나갈지가 중요하다.

살아가면서 우리는 마음속에
수많은 나무를 심는다.
때론 태풍이 불어 심어 놓은 나무가

흔들릴 때도 있고
가뭄으로 메말라 버릴 때도 있다.

하지만 포기하지 않고
나무를 돌본다면
언젠가는 내가 바라던 열매를 맺을 수 있다.
그리고 그 나무는
쉬어 갈 수 있는 자리를 내어 주기도 한다.

중요한 것은
스스로 '자신의 나무'를 뽑아서는 안 된다는 것이다.

문제가 일어났을 때 그 문제를 어떻게 받아들이느냐는 결국 자신의
몫으로 남기 때문이다.

배나무를 사과로 부를 것인지 말 것인지는
스스로에게 달린 것이다.

타인에게 받는 상처라면 그 상처를 받지 않도록 거리를 두면 된다. 하
지만, 스스로에게 가하는 상처는 피할 방법이 없다. 결국 상처에 대한
용서와 이해는 원망과 증오를 가한 사람에 대한 용서가 아닌 스스로
만든 아픔의 감옥에서 해방되는 자유의 길이다.

당신의 마음속 나무를 사과로 부를지 말지는
스스로의 선택이다.

철들지 않은 맛

한 해의 마무리, 12월이 오면 우리 집에서는 김장 김치를 담글 준비가 한창이다. 엄마의 요리 중에서도 가장 빛을 발하는 '김치'는 우리 가족 모두에게 사랑받는 음식 중 하나다. 사실, 어린 시절에는 매일 먹는 김치이기에 그 '맛'의 익숙함에 길들어 엄마의 김치가 얼마나 맛있는지 잘 알지 못했다. 당연히 '김치의 맛은 이런 거겠지.'라고 생각했었다.

그러다, 고향을 떠나 직장이 있는 곳으로 오면서 자취 생활을 하게 되었다. 누구에게나 그렇듯이 자취 생활에서 가장 힘든 것이 아마도 '잘 챙겨 먹기'일 것이다. 20대에는 바쁜 일과 중에 혼자서 먹겠다고 이것저것 준비하는 것이 쉽지 않아 간단하게 먹기 일쑤였다. 그러다 보니 항상 어머니가 해 주셨던 음식만 먹고 자랐던 나는 먹지 않던 인스턴트도 먹게 되었고, 외식도 자주 하게 되었다. 그러다 독감에 걸려 아무것도 먹을 수 없었던 나는 그저 누워만 있었다. 그런데 문득 아무것도 안 먹으면 안 될 것 같은 생각이 들어 냉장고를 열어 보니 정말……. 아무것도 없었다.

냉장고만큼 내 마음도 비웠었구나.

유일하게 있는 것이라고는 엄마가 고향에서 정성스럽게 보내 주신 김치뿐이었다. 그래서 밥을 물에 말아 엄마의 김치를 반찬으로 한 숟갈 입에 넣었다. 아니 근데 이게 웬걸, "왜 이렇게 맛있는 거지?" 혼자서 중얼거리며 밥 한 공기를 전부 먹었다. 그러고 나서 약을 먹고 푹 자고 일어나니 나를 그렇게 괴롭히던 감기는 어느샌가 전부 사라진 상태였다. 그 뒤로 입맛이 없을 때나, 힘든 일이 있거나 지쳐 있을 때면 엄마의 김치를 꺼내서 김치찌개, 김치전, 김치볶음을 만들어 먹었다.

요즘은 매일 직접 구입한 재료로 요리를 만들어 '나만의 휴식이 되는 한 끼 식사' 시간을 가진다. 힘들게 퇴근하고 돌아오면 잠깐 쉬었다가 저녁밥을 준비한다. 이 시간은 '나를 위한 위로의 시간'이 되어 주었고 나는 점점 요리가 즐거워졌다.

하루는 가을무가 맛있다는 이야기를 듣고 직접 '무 하나'를 사서 무생채를 만들어 보았다. 원래는 깍두기를 만들 작정이었으나 아직은 김치에 서툰 나로서는 무생채가 가장 적합한 단계인 듯싶어 좀 더 쉽게 만들 수 있는 걸 선택했다.

블로그와 수많은 유튜브에서 소개하고 있는 레시피를 살펴보며 그대로 만들었지만 역시나 엄마가 해 줬던 그 맛은 아니었다. 그래서 고향에 내려가면 엄마의 김치 담그는 방법을 유심히 지켜보곤 한다. 하지만 내가 직접 만들려고 하면 왜 그 맛이 아닌 전혀 다른 맛이 나는 것일까?

맛있다고 소문난 김치를 주문해서 먹어 보았다. 그런데 돈을 주고 산 김치마저 엄마의 김치보다 못하다는 생각이 들었다. 이젠 어떻게 만드는지 아무리 봐도 엄마만의 김치 맛을 흉내 낼 수 없다는 결론에 이른 나는, 그저 정성스럽게 고향에서 보내 준 김치를 소중하게 다룬다.

엄마의 요리에는 많은 추억이 담겨 있다. 비 오는 날이면 자주 만들어 주시던 칼국수, 수제비, 감자튀김 그리고 특별한 날에 해 주시던 잡채, 동그랑땡, 다양한 종류의 전, 이 음식을 만드는 엄마의 얼굴에는 늘 미소가 있었다.

사 먹는 김치에서는 느낄 수 없는 어린 시절 나의 추억이
담겨 있는 김치는 나의 '최애 반찬'

누구에게나 잊을 수 없는 **'맛의 기억'**이라는 것이 있다. 정확하게는 기억이 나지 않더라도 누군가와 함께 무엇을 먹었는지, 그 음식의 맛이 어땠는지 추억은 기억을 하고 있다.

12월의 겨울은 춥지만
엄마의 손맛은 따뜻했던 것처럼…….

누군가의 사랑이 담긴 음식은 그 시절의 그리움이다.

당신에게도 돌아가고 싶은 그리움이 있나요?

누군가를 위해 음식을 만드는 수고로움이

행복이 될 때

당신은 그 사람을 사랑하고 있다는 거예요.

긴 터널을
빠져나오자

신나게 달리는 고속 도로 휴게소에는
겉담속촉(겉은 담백하고 속은 촉촉한) 호두과자가 있다.

나는 호두과자를 정말 좋아한다.
그 이유 하나만으로 나는 '천안에 호두과자 먹으러 가야지.'라는 나름
의 사명감 아닌 사명감을 가지고 천안으로 향했다.

그곳에서 만난 호두과자 굽는 달콤한 냄새는 나를 쉬게 해 주었다.

오직, 호두과자 하나 먹겠다고 천안까지 간다는 게 다소 당황스러운
선택일지도 모르지만 그래서 더더욱 의미 있는 여행일지도 모른다는
생각이 들었다.
1월의 폭설을 뚫고 찾아간 천안은 눈의 나라였다.

온통 새하얗게 물들어 있는 광경은 눈이 부시도록 아름다웠다. 마치 가와바타 야스나리의 소설 『설국』의 대사처럼······.

"국경의 긴 터널을 빠져나오자 설국이었다. 밤의 밑바닥이 하얘졌다."
– 가와바타 야스나리, 『설국』 중에서

천안을 찾은 관광객들은 다들 새하얀 눈꽃을 보며 연신 사진을 찍느라 정신이 없었다. 그런데, 나는 눈보다 호두과자를 먹어 보겠다는 일념 하나로 직접 호두과자의 본고장인 천안을 방문했던 탓에 눈을 보며 즐길 여유도 없이 미리 검색해 두었던 호두과자 맛집으로 발걸음을 옮겼다.

내가 검색했던 곳은 천안에서 가장 유명하다고 하는 원조 할머니 학화 호두과자와 천안 옛날 호두과자 집이었다.

직접 들어가 내부를 둘러보니 원조다운 면모가 돋보이는 곳이었다. 직원 모두 분주하게 움직이면서도 들어오는 손님들에게 인사를 잊지 않았다. 그리고 천안까지 호두과자를 먹으러 왔다는 나의 말에 가장 맛있는 호두과자를 골라 주며 친절한 설명까지 덧붙였다.

양손 가득 호두과자를 사 들고 집으로 돌아오려니 뭔가 허전한 마음이 들어 근처의 이곳저곳을 살펴보기 시작하였다. 가는 곳마다 역시

나 호두과자 가게가 많았고, 마치 예전에 한번 와 본 거 같은 친근함까지 들었다.

"호두과자를 좋아한다고 천안까지 가서 직접 사 가지고 올 필요가 있어? 택배로 시키면 되지."라고 말하는 친구도 있었지만…….

사실, 나에게는 호두과자를 찾아서 떠나는 그 여정까지도 즐거움이었기에 결코 포기하고 싶지 않은 수고로움이었다.

이런 번거로움이 소중한 거야.

누군가에게는 아무렇지도 않은 사소한 일들이
어떤 이에게는 특별한 무엇이 되는 것, 그런 소소한 일들을 나는 사랑한다.

매일 똑같은 하루의 반복이지만
내가 만나는 사람,
내가 가는 곳,
내가 먹는 음식,
내가 하는 모든 것에서 새로움을 발견할 수 있다.

죽음이라는 공평함 속에서

같은 생을 부여받은 우리에게

어떻게 가꾸고 일구어 나가느냐에 따라 행복의 크기는 달라진다.

행복은 자신을 찾아 줄 사람을 기다리고 있는 건 아닐까?

그리고 그 행복은 결국,

자신만이 발견할 수 있는 것일지도 모른다.

어느 인디언 부족 중에는 '현재형'만 사용하는 부족이 있다고 한다. 그들은 "잠에서 깬다.", "사냥하러 간다.", "먹는다.", "배부르다.", "잔다." 이렇게 하루를 유유히 흘러가게 둔다고 한다. 그들의 말에는 '과거형'도 '미래형'도 없기에 걱정도 없다고 한다.

어쩌면, 우리는 너무 많은 과거와 미래를 생각하느라 끊을 수 없는 고민과 함께 살아가고 있는 건 아닐까?

가끔은, '과거형'도 '미래형'도 내려놓고 '현재형'만으로 살아 보자.

그렇게,

유유히 흘러가는 오늘이 아름다운 당신이기를 바란다.

겉행속행(겉도 행복한, 속도 행복한 인생)

당신의 하루는 그랬으면 좋겠다.

살아가는 것이

전부 마음먹은 대로만 되면 얼마나 좋을까요?

그런데, 인생은 그렇게 말랑말랑하지는 않은가 봐요.

가끔은, 지치고

때론, 울고 싶고

결국엔, 포기하고 싶어지기도 하니까요.

하지만, 꿈이 이루어지지 않는다고 스스로가 불행한 사람이라고 생각할지, 아니면 그럼에도 행복하게 살아갈지는 자신 안에서 행복과 불행을 결정지어 주는 마음의 선택인 거 같아요.

당신의 마음은 어느 쪽에서 기다리고 있나요?

치열하게 살아온
나에게

◆
　◆

불꽃은 영혼의 목적이 아니야.

나는 시간이 흘러 평범한 어른이 되었다.

그리고 내가 좋아하는 직업을 가지게 되었으며, 영화 「소울」처럼 나
만의 불꽃인 무엇인가를 발견한 사람이 되었다.
나를 더욱더 뜨겁게 해 줄 그 불꽃만을 바라보며 하루하루를 살았다.
내 삶의 불꽃은 어쩌면 나를 가장 힘들게 하는 것이었는지도 모른다.
하지만, 우연히 보게 된 영화 「소울」은 이런 나에게 삶의 목표와 목적
인 불꽃 없이 살아도 지금 이 삶과 순간을 즐기라고 알려 주었다.
영화 「소울」의 내용은 다음과 같다.

뉴욕에서 음악 선생님으로 일하던 '조'는 꿈에 그리던 최고의 밴드와 재즈 클

럽에서 연주하게 된 그날, 예기치 못한 사고로 영혼이 되어 '태어나기 전 세상'에 떨어진다. 탄생 전 영혼들이 멘토와 함께 자신의 관심사를 발견하면 지구 통행증을 발급하는 '태어나기 전 세상'에서 '조'는 유일하게 지구에 가고 싶어 하지 않는 시니컬한 영혼 '22'의 멘토가 된다. 링컨, 간디, 테레사 수녀도 멘토가 되길 포기한 영혼 '22'와 꿈의 무대에 서려면 '22'의 지구 통행증이 필요한 '조', 그는 다시 지구로 돌아가 꿈의 무대에 설 수 있을까.

당시의 나는 가장 힘든 시기를 겪고 있었다. 사람들이 말하는 '번아웃'이 나에게도 찾아온 것이다. '지금, 이 순간을 즐겨야지.'라고 생각하면서도 일에 몰두하는 하루하루 속에서 점점 지쳐만 갔다. 하지만 이 영화를 보고 난 후 문득 내가 언제 마지막으로 햇살을 즐겼는지가 떠오르지 않았다. 이 영화에서 가장 인상적이었던 단어인 '불꽃'은 내 마음을 뜨거운 무엇인가로 채워 주었다. **'불꽃'**만을 찾기 위해 앞만 보며 불태우는 우리의 지금 모습을 잘 표현해 주고 있는 것만 같았다. 그리고 "난 꼭! 이걸 하고야 말 거야!"라는 다짐으로 하루하루를 살아가다 보면 문득 내가 지금 어디로 가고 있는지, 나는 지금 행복한지 생각해 보게 되는 날이 있다.
이때 이 영화는 "잠시만, 멈춰!"라며 나에게 위로를 건네주었다.

영화 속의 조는 어린 시절부터 자신의 인생 목표인 재즈 피아니스트가 되기 위한 삶을 살아왔으며 정식 교사가 되었음에도 기쁨을 느끼지 못했다. 오로지 음악만이 자신의 삶을 행복하게 해 줄 것이라 믿었던 조는 자신이 바라던 목표를 이루지만 이 또한 허무함을 느끼게 된다. 하지만 자신이 당연하게 생각했던 주변의 모든 것을 신기해하는 영혼 22를 지켜보며 그제야 음악만을 바라보며 놓치고 말았던 주변 사람들과 일상의 소중함을 깨닫게 된다. 영혼 22는 수백 년간 배웠던 지식으로 인해 자신이 지구에 대해 모든 것을 알고 있다고 착각하지만, 실제 인간들의 삶을 체험해 보며 삶의 열정을 품게 된다.

물고기에 대한 이야기를 들은 적이 있어.
아기 물고기가 나이 든 물고기에게 다가가 말했어.
"전 바다라 불리는 것을 찾고 있어요."
"바다라고?" 나이 든 물고기가 말했어.
"그건 지금 네가 있는 장소란다."
"여기라고요?" 어린 물고기가 말했어.
"이건 물이에요. 제가 원하는 것은 바다구요."

영화 「소울」에서 조가 공연을 마치고 난 뒤의 허무함을 이야기하자 그녀가 해 준 이야기이다. 앞을 향해서, 내가 가진 '불꽃'을 태우기 위해서 살아가는 것도 의미 있는 삶이지만 한 번씩은 잠깐 멈추어 내 주변을 돌아보며 살아가는 것 또한 삶에서는 중요하다. 그리고 어떤 삶을 살고 싶은지 스스로에게 물어보는 시간도 필요한 것은 아닐까?

좀 더 나답게, 좀 더 나만의 속도로 살아가려는 것!

그 안에 잠시, 멈춤도 필요하다는 것!

삶은 나의 목표를 얼마나 이루어 냈느냐도 중요하지만

어쩌면, 그저 살아가는 것만으로도 충분히 찬란할 수 있는 것은 아닐까?

바람이 머물다 간 발자국

긴 하루의 끝자락

잊고 지낸 시간들 살며시 내려앉으면

소란스러운 세월의 발자국

또다시 나를 재촉한다

모두 떠난 그 자리에

바람 하나가 내 곁을 머물다 간다

그대의 외로움에게

아무도 알아주지 않는 그대의 외로움에게
행복을 주세요

언젠가는 지나갈 괴로움에게
위로를 주세요

치료할 수 없는 마음의 상처에게
사랑을 주세요

움츠러들어 가는 두려움에게
용기를 주세요

어쩌면
지금의 눈물이 내일의 그대에게
희망을 줄지도 모르니까요

작가가 전하는 메세지

• • •

글을 쓰고 읽는다는 것은 어쩌면 자신과의 대화인지도 모른다.
언제부터인가 우리는 주변 사람들과 대화의 시간이 줄었고 전화 통
화보다는 카톡이 편한 시대가 되었다. 주변뿐만 아니라 자신을 뒤돌
아볼 시간조차 없이 바쁜 일상에 지쳐 '여유'를 어떻게 즐겨야 하는지
도 잊어 가고 있다. 가끔은 그런 자신에게 '쉼'을 선물해 주어야 한다.

좋아하는 음악도 듣고
즐겨 찾는 카페에서 차도 마시고
종이 향기 가득한 서점에도 가 보고
이런 소소하고 작은 일상의 행복을 통해 스스로에게 '휴식'을 찾아 주
는 것!
그것은 숨어 버리고 싶은 상처 입은 자신에게 가장 편안한 쉴 곳을 마
련해 주는 것과 같다.
이렇게 자신의 작은 습관을 통해 경험하는 모든 것은 추억이 되고 그
추억은 우리가 다시 살아가게 하는 힘이 되어 준다.

경험 많은 70세 인턴과 열정 많은 30세 CEO의 이야기를 다룬 영화
「인턴」에서 이런 대사가 나온다.

"경험은 결코 나이 들지 않아요.
경험은 결코 시대에 뒤떨어지지 않죠."

어쩌면, 이 영화 속 대사처럼 우리의 나이만큼 쌓이게 되는 경험은 귀한 가치가 있는 것인지도 모른다. 그러기에 할 수 있을 만큼 많은 것을 경험하며 그 속에서 새로운 자신을 발견해 나가야 한다.
삶을 살다 보면 사랑과 행복만이 나를 기다리지는 않는다. 가끔은 넘어지지 않을 곳에서 넘어져 울기도 하고 상처를 입기도 한다.

하지만,
실패와 좌절 속에서도 다시 시작할 수 있는 용기는 결국 자신을 사랑하는 것에서부터 시작한다. 일상의 소소하고도 작은 이야기들로 어딘가에서 상처 입고 숨어 버린 자신을 찾기 위해 애쓰는 당신을 응원한다.

어린 시절 즐겨 하던 숨바꼭질 게임처럼 실패와 좌절이라는 두려움 앞에서

숨어 버린 자신에게 지금 이 순간 "괜찮다."라고 말해 주세요.

숨는다고

바뀌는 건

꼭 없어요

이제 질 순 없죠

아프다고 숨지 말아요.